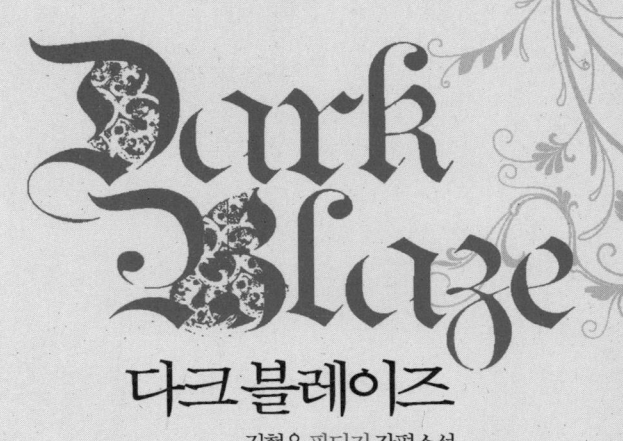

다크 블레이즈

김현우 판타지 장편소설
FANTASY STORY & ADVENTURE

dream
books
드림북스

다크 블레이즈 9

초판 1쇄 인쇄 / 2011년 1월 28일
초판 1쇄 발행 / 2011년 2월 8일

지은이 / 김현우

발행인 / 오영배
편집장 / 허경란
편집 / 신동철, 문보람, 오미정, 윤상현
본문 디자인 / 신경선
펴낸 곳 / (주)삼양출판사 · 드림북스

주소 / 서울특별시 강북구 송천동 322-10호
대표 전화 / 02-980-2112 팩스 / 02-983-0660
편집부 전화 / 02-980-2116 팩스 / 02-983-8201
홈페이지 / blog.naver.com/dreambookss

등록번호 / 제9-00046호
등록일자 / 1999년 3월 11일

값 8,000원

ISBN 978-89-542-4054-3   04810
ISBN 978-89-542-3900-4   (세트)

* 지은이와 협의하에 인지는 생략합니다.
* 잘못된 책은 구입한 곳에서 바꾸어 드립니다.

다크 블레이즈

9

Contents

제**1**화
담판,
펠리오네의 포기

Dark Blaze

플로리데가 사라진 지 보름이 넘게 흘렀다.

슈미드는 그녀의 소식을 기다리고 있지만 플로리데의 행방은 찾을 수 없었다.

첸 또한 그녀를 찾으러 갔다 했지만 그의 소식 또한 전해지는 바가 없었던 것이다.

당장에라도 황궁에 갈 듯한 그를 말린 것은 나렌샤였다.

하지만 슈미드의 참을성도 이제는 한계에 이르렀다.

"첸 님은 분명 텔레포트로 이동했다 하지 않았습니까?"

"그래요."

"그런데 아직까지 소식이 없다는 것은 무언가 변고가 일어났다는 것 아닙니까?"

당장에라도 황궁으로 향할 기세였다.

나렌샤는 고개를 가로저으며 차분한 어조로 입을 열었다.

"그건 아니에요."

묘하게 확신 어린 말투. 그녀의 말에 슈미드는 의아함을 느끼고 물었다.

"어떻게 확신하시는 겁니까?"

"첸은 저와 영적으로 연결되어 있어요. 그는 중간계의 조율자로서 중요한 위치를 차지하는 인물. 그의 생사는 대륙에 큰 영향을 끼칠 수 있기에 늘 확실하게 파악해놓고 있다 할 수 있죠. 특별한 느낌이 없는 것으로 보아 첸은 생존해 있다고 확언할 수 있어요."

"후우!"

나렌샤의 말에 안심하긴 했지만 그렇다고 하여 조급한 마음마저 사라지는 것은 아니었다.

첸이 여태껏 돌아오지 않는다는 건 플로리데를 되찾을 가능성이 극히 희박하다는 것을 의미하고 있었다.

그것을 알고 있기에 심란할 수밖에 없었다.

한숨을 내쉬는 그를 보며 나렌샤가 말한다.

"플로리데는 제국의 공주라 들었어요. 황제가 직접 그녀를 데려간 만큼 특별한 일은 일어나지 않을 것 아니겠어요?"

특별한 일이 일어날 확률은 높았다. 첸이 그녀의 몸에 자리한 빛의 원천이 어떠한 용도로 쓰일지 그녀에게 설명을 해주었기에.

자칫 잘못하면 그녀의 목숨이 위험한 일이 발생할 수 있지만 지금 그녀가 해야 할 일은 슈미드를 말리는 일이었다.

그의 내면에 자리한 어둠이 다시 폭발하게 되면 걷잡을 수 없을 정도로 일이 악화될 것이다.

그녀의 말에 슈미드는 한발 뒤로 물러서는 수밖에 없었다.

"후우! 그건 그렇습니다만……."

진정하는 기색을 보였지만 그의 마음은 여전히 다급했다.

플로리데는 황궁에 있는 것을 갑갑해하였다. 그런 만큼 그녀가 황궁에 있는 시간을 줄여주고 싶은 것이 슈미드의 생각이었다.

비록 공주로서 누리던 호사를 이곳에서 누릴 수는 없지만 바깥세상 공기를 접하는 것 자체만으로 그녀는 행복한 표정을 지어 보였다.

자신으로 인해 고민을 하고 있다는 것을 알지만 그러한 작은 자유 정도는 안겨다 주고 싶은 게 슈미드의 바람이었다.

그러나 세상은 그것마저도 허락하려 들지 않는다.

"차분하게 생각을 해봐요. 어차피 복수를 마무리하기 위해서는 황궁에 가야 하는 것 아닌가요? 황제를 물리칠 수 있다면 그녀를 다시 만나는 것은 어려운 일이 아니에요."

"알겠습니다."

결국 그녀의 말에 슈미드는 차분하게 마음을 다스리는 수밖에 없었다. 다른 사람에게 잡혀갔다면 당장 움직일 테지만 그녀를 데려간 황제는 사적으로 공주의 아버지였다.

자신이 이렇게 나서봤자 특별히 달라지는 것이 없다는 걸 알고 있기에 슈미드는 순순히 납득하는 모습을 보였다.

그가 진정하는 기색을 보이자, 나렌샤는 잠시 침묵하다 입을 열었다.

"한 가지 물어보고 싶은 것이 있어요."

"어떤 것입니까?"

순순히 대답할 듯한 그의 모습에 나렌샤가 잠시 침묵하더니 입을 연다.

"분명히 그때 어둠에 잠식당하지 않았었나요?"

"어둠에 잠식당한 것이 제 육체의 통제권을 이야기하는 거라면…… 맞습니다."

아드리온 공작과 겨룰 때 그 느낌을 떠올린 슈미드가 고개를 끄덕였다.

그녀가 말하는 어둠의 잠식이 정확히 무엇을 뜻하는지 모르나 그는 한순간 어둠이 자신의 몸을 조종하고 있는 것 같은, 육체의 통제권을 빼앗긴 듯한 느낌을 받아야만 했다.

그러자 더욱 강한 힘을 발휘하여 아드리온 공작을 압박할 수 있었고, 결과적으로 그를 꺾고 복수를 할 수 있었다.

순수한 자신의 실력이 아니었기에 반쪽짜리 복수라 할 수 있겠지만.

"그럼 어둠에 잠식당한 것을 어떻게 벗어난 거죠?"

"그건……."

무어라 말하기 힘든 구석이 있었기에 말끝을 흐리는 슈미드.

잘 모르겠다고 이야기하려다 반짝이는 나렌샤의 눈을 보고는 동원할 수 있는 모든 느낌을 떠올려 설명하기 시작하였다.

"굳이 설명하라 한다면 그것은 의지였다고 할 수 있습니다. 아드리온 공작은 저의 원수. 그런 만큼 그에게 복수하고 싶은 마음은 강했습니다. 하지만 제가 자신을 통제하고 있는 상태가 아닌, 어둠에 조종당하는 채로 그를 죽여서는 안 된다는 간절한 생각을 하게 되었지요. 그 순간 거짓말처럼 어둠에 잠식당했던 상태를 벗어날 수 있었습니다."

"간절한 바람이란 건가요?"

"강한 의지라 볼 수 있겠지요."

"강한 의지……."

슈미드의 말을 들으며 작게 중얼거리는 나렌샤.

하이엘프인 그녀로서는 이해하기 힘든 구석이 없지 않아 있었다.

인간의 열 배에 달하는 수명을 지닌 엘프는 감정 변화가 크지 않다.

인간에 비해 강한 의지를 지녔기에 그의 말이 상대적으로 이해가 되지 않는 것은 당연했다.

인간은 치열한 경쟁을 통해, 역경을 극복하며 강한 의지를 다지고는 하니까.

나렌샤의 입장을 알고 있었기에 슈미드가 피식 웃음을 지으며 말한다.

"이해하기 힘들 수도 있습니다. 확실한 것은 인간의 의지는 한결같은 것이 아닌, 시간이 지날수록 강해지기도, 약해지기도 한다는 것입니다. 저 같은 경우에는 복수에 대한 갈망 때문에 더욱 강해진 경우라 할 수 있겠군요. 그렇기에 어둠의 잠식에서 벗어날 수 있던 게 아닐까 싶습니다."

"이해하기는 어렵지만 왠지 알 수 있을 것 같네요."

하이엘프인 그녀도 바람은 있었다. 또한 그의 상태를 간접적으로 느낄 수 있었기에 세상이 뒤바뀌어도 절대 약해지지 않을 그의 강한 의지를 느낄 수 있었다.

"알아주시니 기분이 좋군요."

여유를 되찾고 미소 짓는 그의 모습을 왠지 똑바로 바라볼 수 없었다.

살짝 얼굴을 붉힌 나렌샤가 슈미드를 바라보며 말했다.

"첸은 살아 있으니 그 부분에 대해서는 여유를 가지셨으면 좋겠어요. 그가 돌아오면 자초지종을 물어볼 수 있을 테니……"

"알겠습니다."

자신이 성급했다는 것을 깨달았기에 슈미드는 순순히 고개를 끄덕였다.

*   *   *

첸의 갑작스러운 방문으로 황궁에 큰 소란이 일었지만 자미에르 대제가 직접 나서서 수습하였기에 곧 잠잠해졌다.

테베로즈 후작이 근위기사단을 이끌고 아드리온 공작가로 향했다고는 하지만 아르칼 공작과 글레이드 공작이 상주하고 있는 이상, 황궁에 일이 발생할 것이라 생각하는 사람은 없었다.

두 명의 로드가 지키고 있는 황궁은 그야말로 철옹성 그 자체였다.

그들이 지키는 대상인 자미에르 대제 본인 역시 로드의 경지에 오른 인물이기도 하고.

그렇게 황궁의 소란이 가라앉을 무렵, 마침내 북부의 데미안 공작이 황궁을 방문했다.

데미안 공작가의 깃발을 달고 황궁에 들어선 데미안 공작은 이십 년 전 헬카드 제국의 영광을 위해 싸웠던 그가 아니었다.

그 당사자는 이십대 초반의 인물이었으니까.

스스로를 데미안 공작이라 밝힌 청년은 자미에르 대제에게 정중하게 기사의 예를 취하며 인사를 올렸다.

"황제 폐하를 뵙옵니다."

"새로운 데미안 공작이 바로 그대인가?"

황명을 받들어 황궁에 방문한 인물은 바로 레이첼이었다.

그는 공손히 고개를 숙여 자미에르 대제의 질문에 답했다.

"그렇습니다, 폐하."

"흐음!"

자미에르 대제는 예를 취하고 있는 청년을 조용히 바라봤다.

나이는 이십대 초반 정도.

다크블루 머리를 단정히 자른 청년은 강인한 인상이라기보다는 곱상하다는 말이 더 잘 어울렸다.

체격이 건장하다기보다는 호리호리하여 그다지 힘을 쓸 수 있을 것 같은 느낌도 들지 않았다.

하지만 겉보기와 달리 내재된 힘은 결코 얕볼 수 있는 성질의 것이 아니었다.

척 보기만 해도 로드인지 파악할 수 있는 경지에 도달한 자미에르 대제는 완벽하진 않지만 눈앞의 청년이 지닌 저력을 대략 짐작할 수 있었다.

"아직 젊은데 대단한 성취를 이루었군."

"……!"

자신의 성취를 정확하게 꿰뚫어보는 듯한 말에 레이첼이 놀란 시선으로 자미에르 대제를 바라본다.

그러자 그가 입가에 묘한 미소를 지으며 묻는다.

"왜, 짐이 그대의 경지를 알아보는 것이 놀라운 일인가?"

"아, 아닙니다, 폐하."

레이첼의 어조에는 놀란 기색이 역력하게 배어 있었다.

설마 황제가 자신의 힘을 단번에 알아볼 줄 몰랐던 것이다.

놀란 표정을 지우지 못하는 그를 보며 자미에르 대제가 말한다.

"젊은 나이에 참으로 놀라운 경지를 이룩했어. 그래, 전대 데미안 공작의 건강은 어떠하지?"

왕가 출신인 데미안 공작가는 헬카드 제국에서 그 독립성을 인정하여 작위를 승계하더라도 황제의 승인이 필요 없게끔 하였다.

눈앞의 청년이 작위를 이어받았다면 전대 데미안 공작은 죽었을 확률이 높으나 그는 왕국을 제국의 반석 위에 올려놓은 인물이었기에 확실한 생사를 알고 싶어 하였다.

잠시 망설이던 레이첼이 자미에르 대제의 말에 답한다.

"아버지는 현재 살아계시나…… 가문의 천형 때문에 오래 버티지 못할 듯싶습니다."

아마 지금쯤 세상을 떴을지도 모른다. 그 정도로 건강 상태가 좋지 못한 아버지였기에 레이첼의 말에 망설임이 존재한다.

자미에르 대제는 아쉬운 표정을 지었다.

"이렇게 아쉬울 데가 있나. 그러면 충분히 데미안 공작가의 천형을 극복할 수 있으리라 생각했거늘. 가문의 위기를 무릅쓰고 찾아온 공작의 공을 잊지 않겠다. 자리를 마련하도록 할 테니 편히 쉬며 휴식을 취하도록 하라."

"배려에 감사드립니다, 폐하."

고개를 숙이는 레이첼의 눈이 순간 날카롭게 변했다.

그는 자신의 역량을 단숨에 꿰뚫어 본 자미에르 대제에게 적지 않게 놀란 상태였다.

'아버지께서 황제를 주의하라고 하시더니 그 말이 사실이었군. 내가 젊다는 것에 현혹되지 않고 성취를 꿰뚫어보다니. 당분간은 조심해야겠어.'

처음부터 만전에 만전을 기하고 있었기에 레이첼은 내부에 갈무리 된 힘만 들켰을 뿐, 진실된 실력에 대해서는 들키지 않았다.

더욱 큰 것을 감추기 위해 일부분을 드러낸 것이다.

그는 황제가 결코 만만히 볼 수 있는 인물이 아니라는 것을 느끼며 인사를 끝마쳤다.

자리에서 일어난 그가 밖으로 나가자 자미에르 대제가 묘한 미소를 지었다.

"큰 것을 숨기기 위해 작은 것을 공개하다니 재미있군. 설마 저렇게 어린 나이에 저 정도의 성취를 이룰 줄이야…… 슈미드 녀석만 특별한 것이 아니로군."

레이첼의 실력은 대단한 수준에 올라 있는 것이었다. 기존의 오대 공작 못지않은 수준의 힘을 지니고 있었으니까.

이십대 초반에 그러한 힘을 지니고 있다면 훗날 어느 정도로 강해질지 감히 상상도 하기가 힘들었다.

"하지만 그것뿐이지."

강하다고 해도 그뿐이다.

불멸의 지배자가 되기로 한 자미에르 대제를 넘어서지 못할 것이다.

자미에르 대제의 힘은 이미 인간의 한계를 뛰어넘고 있었으니까.

그렇게 자미에르 대제와 레이첼의 만남은 끝을 맺었다.

*   *   *

나렌샤와 대화를 끝마친 슈미드는 답답한 마음에 수련을 하려다가 자신을 찾은 손님을 맞이해야 했다.

그를 찾은 것은 다름 아닌 펠리오네 왕녀.

왕궁에서 나온 그녀는 특별한 통보도 없이 슈미드가 저택에 머물고 있다는 사실을 접한 채 그를 찾은 것이다.

"어서 오십시오, 왕녀 마마."

"오랜만이에요, 슈린 경."

자신을 맞이하는 슈미드를 보며 활짝 미소 지어 보이는 펠리오네.

그녀의 미소는 귀족 청년들의 애를 닳게 만들 정도로 화사한 아름다움을 머금고 있었다.

그 미소에 슈미드도 살짝 미소 지어 보임으로써 받아주었고.

그의 안내에 방안으로 들어선 펠리오네는 하녀들이 준비한 차를 마시며 한숨을 돌린다.

슈미드도 방금 전까지 나렌샤와 이야기를 하느라 목이 제법 타들어가던 차였기에 조용히 차를 마시며 그녀의 말을 기다린다.

그렇지만 그녀는 묵묵부답, 아무 말도 하지 않은 채 조용히 슈미드를 바라보고 있었다.

그러자 슈미드가 먼저 입을 열었다.

"갑자기 무슨 일로 찾아오신 건지……?"

그의 말을 기다렸음인가.

펠리오네는 묘한 미소를 지으며 슈미드의 말에 대꾸하였다.

"저는 특별한 일이 있을 때만 찾아와야 하나요?"

"그런 것은 아닙니다만…….

사람 좋은 미소를 지어 보이는 슈미드를 바라보며 펠리오네가 눈에 이채를 발하더니 묻는다.

"한 가지 궁금한 것이 있어요."

"어떤 것입니까?"

"슈린 경의 그 웃음…… 언제나 웃고 있지만 진실된 것인지 궁금할 때가 있어요."

예리한 그녀는 진즉 눈치채고 있었다.

항상 웃고 있지만 슈미드가 진정으로 웃음 짓고 있는 것이 아니라는 것을.

그 말에 슈미드는 잠시 뜸을 들이다 입을 열었다.

"진실된 웃음이라는 걸 확인하고 싶으시다면 답을 드리겠습니다. 제 웃음은 진실된 것이 아닙니다."

"……."

너무나 순순히 대답하는 그의 모습에 할 말을 잃은 펠리오네였다.

웃음의 진정성 여부를 물어보는 것 자체만으로도 실례인데 설마 이렇게 대답할 줄 꿈에도 몰랐으니까.

그녀가 할 말을 잃은 채 슈미드를 바라보자, 그는 별것 아니라는 듯 말한다.

"저에게는 절친한 친구가 있었습니다."

그 친구가 누구인지 펠리오네는 잘 알고 있다.

왕국 정보부에서 슈미드의 과거에 대해 상세하게 조사를 했으니까.

그녀는 그 정보를 접한 뒤로 그가 어떤 성격을 지니고 있는지 제법 자세하게 파악할 수 있었다.

하지만 알고 있다 하여 그의 이야기를 막지 않았다.

자신이 사적으로 그의 정보를 알고 있는 것 자체가 자칫 안 좋은 인상을 줄 수 있다는 것을 알고 있었으니까.

"그 친구는 바보같이 제게 씌워진 죄를 같이 뒤집어썼습니다. 다른 사람이 보기에는 무척 어리석게 보였으나…… 무척 고맙고, 한편으로는 미안했죠. 그러다 그 친구가 제 앞에서 죽게 되었습니다. 제가 구해주고자 했지만 저의 힘은 너무나 미약하여 그를 도와줄 수 없었지요."

지금의 슈미드를 생각하면 상상하기 힘든 장면이었다.

글레이드 공작을 꺾고, 아드리온 공작까지 꺾은 그는 로드 중에서도 최상위에 랭크되는 인물이 아닌가.

"그러다 십오 년 동안 막혀 있던 정령 계약에 성공하고 힘을 얻었지요. 저는 친구가 언제나 웃는 얼굴이 잘 어울린다는 말을 떠올리고 그에게 맹세했습니다. 언제나 웃음을 짓겠다고, 그것만이 친구를 마음속에 영원히 새길 나의 다짐이라고 말입니다."

"……."

이제는 담담하게 말할 수 있는 과거였다.

그러나 정작 이야기를 듣는 펠리오네는 자신도 모르게 가슴 위에 손을 올려놓고 손을 꼬옥 쥐었다.

그는 느끼지 못하는 듯하지만 그가 느꼈을 분노와 절망이 전해지고 있었다.

그녀는 그것이 너무나 슬프게 느껴졌고, 이런 감정을 자각하지 못한 채 웃는 얼굴로 담담하게 말하는 그를 보듬어주고 싶다는 생각이 들었다.

"그럼…… 슈린 경의 진실된 웃음을 볼 수 없는 건가요?"

그런 물음을 받으니 마치 자신이 웃음을 상실한 사람처럼 느껴졌다.

피식 웃음을 지은 슈미드가 고개를 저었다.

"어찌 진실한 웃음을 안 짓겠습니까. 사랑하는 사람, 소중한 사람과 함께 있으면 그때는 진실된 웃음이 지어지지요."

'사랑하는 사람의 반열에 제가 들어가면 안 되나요?'

그 말을 하고 싶었지만 펠리오네는 말할 수 없었다.

그렇게 묻는다면 슈미드는 단호히 안 된다고 말할 것 같아서.

물론 그것은 그녀의 짐작일 뿐이었지만 실제로 물어본다면 결과는 다르지 않을 것이라 생각되었다.

하지만 그 말을 억누를 수는 있어도 순간적으로 튀어나온 질문은 억누를 수 없었다.

"사랑하는 사람이라면 제국의 공주인 그분을 말씀하시는 건가요?"

"……"

플로리데가 언급되자 순간 표정이 굳는 슈미드였다.

설마 그녀가 플로리데를 알고 있을 거라고는 예상하지 못했던가.

그것도 잠시, 그녀가 사전에 저택을 방문했다면 충분히 알 수 있다는 사실에 그는 고개를 끄덕이며 대답했다.

"맞습니다."

"그렇군요."

아무렇지도 않게 대답했지만 펠리오네는 답답함을 느껴야 했다.

그가 사랑하는 사람이 있다는 것은 다른 사람에게 사랑을 나누어줄 생각이 없다는 것을 뜻했으니까.

심란한 그녀의 마음도 모른 채, 슈미드가 펠리오네를 바라보며 물었다.

"한 가지 묻고 싶은 것이 있습니다."

"그녀의 정체를 어떻게 알고 있는지에 대해서인가요?"

선수 치며 묻는 펠리오네의 모습에 슈미드가 고개를 좌우로 젓는다.

"아닙니다. 제가 묻고 싶은 것은 그녀의 정체를 알고 있는 사람이 또 누가 있는지에 대해서입니다."

"……절 믿지 못하는 거로군요."

자신을 믿는다면 결코 이런 질문은 하지 않았으리라.

그가 자신을 의심한다는 생각에 펠리오네는 짙은 아쉬움을 느껴야 했다.

깊은 친분을 쌓지 못해도 서로가 서로를 존중해줄 수 있는 관계는 이루어놓았다 생각했건만.

그것이 자신만의 생각인 것 같아 그녀는 애석함을 감출 수 없었다.

펠리오네의 얼굴에 서린 짙은 아쉬움을 알아차렸지만 슈미드로서는 어쩔 수 없는 선택이었다.

"그녀는 제국의 공주입니다. 알려질 경우 큰 사단이 일어날 수 있기에 물어본 것입니다. 결코 왕녀 마마를 의심하여 그런 것이 아니니 이해해주시길."

그렇게 말을 하더라도 이미 마음속을 지배해나가고 있는 서운함이 사라질 리 없다.

감수성이 풍부한 여자는 작은 일에도 쉽게 상처받고는 하니까.

그녀는 슈미드의 말을 듣고 일단 이해는 했지만 자기도 모르게 나오는 차가운 목소리까지는 제어할 수 없었다.

"저만 알고 있어요. 그녀의 정체가 알려진다면 지금까지 무사했을 리 없으니까요."

슈미드도 없고 첸도 없다. 그런 상황에서 로미안 국왕에게 플로리데의 소재가 들어갔다면 그는 면밀하게 상황을 따지다 즉각 행동을 보였을 것이다.

"왕녀 마마께 은혜를 입게 되었군요."

"그렇게 알아주신다면 저로서는 고마울 따름이지요."

다소 냉랭해진 펠리오네였다. 이미 들어서 알고 있지만 자신보다 플로리데를 위하는 그의 행동은 결코 유쾌한 것이 아니었으니까.

"이해해주시길."

"충분히 이해하니 걱정하지 마세요."

다만 가슴이 쓰릴 뿐이다.

그녀와 이미 비교 자체가 되지 않는 자신의 형편없는 비중에 대해서.

"그녀가 어떻게 이곳에 와 있을 수 있었던 거죠?"

펠리오네의 물음에 슈미드는 순간 멈칫하다 입을 열었다.

"일종의 가출이라고 할 수 있겠지요. 지금은 돌아갔습니다만."

"제국의 황녀가 가출이라…… 뭔가 참 대단하다고 느껴지네요. 저에게도 그런 자유가 있었더라면……."

말을 하는 펠리오네의 입가에는 씁쓸함이 맺혔다.

"국왕 전하께 간청을 드린다면 잠시나마 자유를 얻으실 수 있을 것입니다. 그러니 너무 심려치 마시길."

"그렇게라도 이야기해주시니 고마워요."

"아닙니다."

단순한 위로였지만 펠리오네에게 있어서는 큰 힘이 되는 조언이었다.

감사를 표하던 그녀가 순간 멈칫하더니, 머뭇거리는 기색을 보이다가 조심스레 입을 열었다.

"그런데 공주가 돌아갔다면 슈미드 경이 무척 쓸쓸함을 느끼겠어요?"

"예?"

무슨 의도로 하는 말인지 몰라 고개를 갸웃하는 슈미드.

그런 그에게 펠리오네가 직설적으로 말하기 시작했다.

"처음 만났을 때 제가 경에게 한 말을 기억하고 있으리라 생각해요."

기억하지 못할 리 없다.

자신에게 흥미를 가지고 있다는 말. 플로리데도, 유리나도 그런 식으로 말한 적이 없었기에 슈미드는 생생히 기억하고 있었다.

"물론 기억하고 있습니다."

고개를 끄덕이며 수긍하는 그에게 펠리오네가 말했다.

"그 말이 아직 유효하다면…… 슈린 경은 어떻게 생각하시죠?"

은근한 물음. 그것은 말하는 사람에게 있어 최소한의 방어를 걸어놓고 하는 소심한 고백이었다.

"유효하다면 그저…… 죄송하다는 말씀을 드릴 뿐입니다. 저는 플로리데 하나로도 벅차기에 누구의 마음도 받아들일 수 없습니다."

"……"

그것으로 그의 대답은 정해진 것과 다를 바 없다.

한 치의 망설임도 없이 대답한 그는 자신의 마음을 완벽하게 저버렸다는 것을 알 수 있었으니까.

씁쓸했지만 그것이 현실이었기에 펠리오네는 무어라 말할 수 없었다.

원망하려면 슈미드와 뒤늦게 만난 세상을 탓해야겠지.

"왕녀 마마……?"

슈미드가 조심스러운 기색으로 그녀를 부르자, 펠리오네는 애써 밝은 표정을 지으며 말한다.

"그렇군요. 혹시 슈린 경이 제 말을 기억하고 제게 흥미를 가지면 어떻게 하나 염려하던 차에요. 그런데 슈린 경이 그렇게 말씀해주시니 홀가분하네요."

그 말에 슈미드는 안도의 마음을 느끼며 그녀에게 말한다.

"왕녀 마마께서 설마 농담을 하실 줄 몰랐습니다."

"저라고 해서 농담을 못할 건 뭐가 있겠어요? 다만 제가 한 말이 있기에 슈린 경의 반응이 어떨지 궁금했죠. 그런데 한 치의 망설임도 없이 그렇게 말씀하실 줄이야…… 내심 섭섭하고 내가 그렇게까지 매력이 없나 생각이 들더라고요."

"아닙니다, 왕녀 마마께서는 충분히 아름다우시니 그 부분에 대해서는 걱정하지 마시길. 제가 복이 없는 것입니다. 아리따우신 왕녀 마마의 관심을 결국 받아들이지 못했으니까요."

"호호! 그런 거겠죠?"

웃음을 짓지만 그것이 억지웃음이라는 것을 그녀 스스로도 너무나 잘 느끼고 있었다.

자신을 차버린 것을 후회하게 만들어주겠다는 생각이 지나갔지만 정작 아쉬운 것이 자신이라는 것을 너무나 잘 알고 있었으니까.

더 있으면 눈물을 흘릴 것 같아 펠리오네는 자리에서 일어나며 슈미드에게 말했다.

"저는 이만 일어나볼게요. 사실 유리나가 이곳에 매일 온다고 해서 만나볼까 싶어 왔거든요."

"아, 매일은 아니더라도 종종 찾아오고는 합니다. 페릴하고 친해졌거든요."

"저도 페릴 양과 친해져 볼까 생각 중이랍니다. 유리나가 엉뚱한 면이 있어도 사람 보는 눈은 정확하거든요."

"페릴은 성격 하나만큼은 좋으니 사귀어도 후회하지 않으시리라 생각합니다."

"그래요."

그렇게 말한 펠리오네가 잠시 말문을 닫고 조용히 슈미드를 바라본다.

마지막으로 볼 그의 모습을 기억에 각인시키려는 듯.

자신을 뚫어져라 바라보는 그녀의 시선에 의아함을 느낀 슈미드가 고개를 갸웃하며 물었다.

"왕녀 마마?"

"아니에요, 저는 그럼 나가보도록 할게요. 괜히 바쁜 슈린경을 붙잡은 건 아닌가 걱정되네요."

"아닙니다, 왕녀 마마와 이야기를 나눌 수 있게 되어 영광입니다. 그러니 그런 걱정은 하지 마시길."

"네, 그럼……."

고개를 숙인 펠리오네가 빠른 걸음으로 방을 벗어났다.

*　　　*　　　*

유리나는 페릴과 한창 수다 삼매경에 빠져 있었다.

그러다 그녀는 페릴과 함께 대화 나누고 있는 방에 들어서더니, 우울한 기색이 역력한 얼굴로 유리나에게 말했다.

"유리나, 할 이야기가 있어."

"어, 응? 아, 알았어. 페릴, 미안한데 잠시만 펠리오네와 이야기 좀 하고 올게."

그녀의 기색이 심상치 않다는 것을 느낀 유리나는 페릴을 보며 양해를 구했고, 페릴 또한 심상치 않다는 것을 느끼고 있었기에 고개를 끄덕임으로써 그 양해를 받아들였다.

유리나와 펠리오네는 응접실로 향했다.

따뜻한 김이 모락모락 피어오르는 차를 마실 생각도 하지 않은 채 조용히 바라보던 펠리오네가 입을 열었다.

"나 슈린 경에게 고백했어."

"……!"

그녀의 기색이 심상치 않다 여겼지만 설마 고백을 했을 줄은 몰랐기에 유리나가 화들짝 놀란 표정을 짓는다.

그 표정을 지켜보고 있던 펠리오네가 말을 이었다.

"안심해, 거절당했으니까."

"거절…… 당했다고?"

"그래, 내가 거절당했다고 하니 표정이 아주 확 펴지네?"

"내, 내가 언제!"

가시가 숨어 있는 펠리오네의 말에 유리나가 화들짝 놀라며 부인한다. 하지만 내심 자신도 모르게 안도하는 감정이 배어

나왔다 생각하고 있었다.

안심한 것은 사실이었으니까.

"……어떻게 거절당한 거야?"

조심스럽게 물어보는 유리나. 펠리오네가 거절당한 것은 애석했지만 그녀가 어떤 식으로 고백을 했기에 거절당했는지 궁금했다.

그 말에 차를 한 모금 마신 펠리오네가 입을 열었다.

"제대로 말을 꺼내볼 기회조차 얻지 못했어. 어떻게 보면 나 혼자 제풀에 지쳐서 포기한 것일 수도 있으니까."

무슨 말인지 영문을 알 수 없었기에 유리나의 궁금증이 더욱 증폭되고 있었다.

그것이 그대로 표정에 드러나고 있었기에 펠리오네는 묘한 표정을 지으며 유리나에게 말했다.

"궁금하지?"

"궁금하다고 하면 말해주려고?"

"네 반응을 보고 정해야지."

그 모습만 보면 평소 자신을 놀리던 펠리오네의 모습 그 자체다.

하지만 거절당한 후유증인지 손이 떨리며 자신을 바라보는 모습이 눈에 들어왔다.

평소라면 맞장구치지 않았을 테지만 유리나는 그녀를 안심시켜주기 위해 고개를 끄덕이며 반응한다.

"응, 너무너무 궁금해. 좀 알려주지 않겠어."

"그는…… 내게 아예 관심조차 없었어. 유리나, 너라면 알 거라 생각해. 나도 이번만큼은 제법 진지했다는 걸."

"알고 있어."

왕녀로서 프라이드가 높고, 웬만한 귀족 청년에게는 시선조차 주지 않을 정도로 도도한 그녀였다.

그런 그녀가 누군가를 좋아한다는 것 자체가 파격이라 할 수 있었다.

그런데 그것도 모자라 거절을 당했다니.

그녀가 진지했다는 것은 옆에 있던 유리나가 잘 알고 있었다.

"하지만 박수도 손바닥이 마주해야 소리가 나는 것 아니겠어? 혼자서는 칠 수 없잖아."

"그렇지."

"그와 이야기를 나누면서 나는 깨달을 수 있었어. 이 사람은 내가 안중에도 없구나……. 내가 그 틈을 파고들어 박수 소리가 나게 할 수 없다는 것을 알 수 있었어."

"하지만 좀 더 노력하면 할 수 있지 않아?"

이상한 말이었다.

분명 그녀와 자신은 같은 사람을 좋아하는데 포기했다는 말에 좋아하지 못할망정 그녀에게 다시 도전해보라는 식으로 말하는 걸까.

말하면서도 스스로의 행동이 이해가 가지 않는 유리나였다.

그 말에 펠리오네가 진지한 표정을 지으며 말했다.

"그의 마음에 내가 들어갈 틈이 없더라고. 누구보다 높은 벽이 자리하고 있는데 어떻게 파고들겠어."

"……"

남 이야기 같지 않았다.

그녀가 이야기하는 벽이 플로리데라는 것을 어렵지 않게 알아차릴 수 있었다.

슈미드에게 있어 플로리데는 절대적인 자리를 차지하고 있었으니까.

펠리오네는 그녀의 벽을 넘을 수 없다는 것을 느꼈을 테고, 결국 포기를 선언한 것이리라.

남 일 같지 않았기에 유리나가 느끼는 아쉬움은 더욱 큰 것이었다.

"괜찮겠어?"

걱정이 담긴 유리나의 말.

그 말을 들은 펠리오네가 눈썹을 꿈틀하더니 고개를 젓는다.

"괜찮냐고? 전혀 괜찮지 않아. 하지만 나는 일어설 거야. 실연을 겪은 것도 아니고. 아니, 오히려 내가 실연을 겪게 해줬어. 슈린 경을 찬 것은 다름 아닌 나니까. 그러니 유리나, 너는 나를 걱정하지 않아도 돼."

"그래……"

펠리오네의 자존심이리라.

하지만 그것이 그녀의 진심이 아니라는 것을 누구보다 잘 알고 있는 것이 바로 유리나였다.

잠시 말을 멈춘 펠리오네가 그녀를 바라보며 다시 입을 열었다.

"나는 유리나, 네가 잘되길 바라. 비록 나는 실패했지만…… 너라도 성공해야 하지 않겠어? 그 벽이 높지만 유리나, 너라면 오히려 해낼 수 있을 것 같아."

어떤 것을 경쟁하더라도 승자는 펠리오네였다. 겉모습이 강한데 반해 내면이 여린 유리나와 달리 펠리오네는 강했으니까.

그러나 사랑에 있어서만큼은 유리나가 우위를 점했다.

제대로 고백도 못하고 포기해버린 자신과는 달리 그녀는 불굴의 의지로 슈미드에게 매력을 어필하고 있었으니까.

단 한 번의 충돌로 튕겨 나간 자신과는 전혀 달랐다.

"이렇게 너와 이야기를 나누려는 것도…… 널 응원하기 위함이야. 유리나 너라면 그의 마음을 훔칠 수 있을 거라 믿고 있으니까."

"쉽지는 않아. 하지만 최선은 다하고 있어. 그래도 불안한 것은 사실이야. 네 말처럼 그 벽은 높고 굳건하니까. 떨어져 있어도 약해지기는커녕 벽은 더욱더 높아지고 단단해지고 있어. 내가 해낼 수 있을까?"

그것은 펠리오네에게 한 말이지만 스스로에게 묻는 질문이기도 했다.

자신보다 더욱 앞서나갈 요령을 지닌 펠리오네가 떨어져 나간 모습을 보면 남 일 같지 않다 여겨졌으니까.

그녀의 모습을 보면 자신 또한 그렇게 되는 게 아닐까 하는 불안한 마음이 절로 들었다.

"넌 해낼 수 있어. 네가 해내길 바라는 마음이 있으니 꼭 해냈으면 좋겠어. 알겠지?"

"응……. 알았어."

각오를 불태우는 유리나를 보며 입가에 미소 짓는 펠리오네였다.

"그래, 그 각오면 됐어."

미소 짓는 그녀의 모습을 조용히 바라보던 유리나의 얼굴에 놀라움이 서린다.

"펠리오네, 너……."

"으응, 왜 그래? 아……."

유리나의 손짓에 펠리오네가 손을 들어 자신의 눈가를 만지다 반응하고 말았다.

손을 축축이 적시는 것은 다름 아닌 눈물이었던 것이다.

지금 그녀는 눈물을 흘리고 있었다.

펠리오네는 자신의 눈에서 흘러내리는 눈물을 연신 닦아내며 말했다.

"왜? 왜 내가 눈물을 흘리는 거지? 차버린 건 나인데. 실연당한 건 내가 아니라 슈린 경인데……."

"이제 그만 해도 돼, 펠리오네. 넌 최선을 다했어."

다정하게 위로하듯 말하는 유리나.

그 말을 듣고 있던 펠리오네가 눈을 지그시 감으며 입을 열었다.

"오늘은 울게. 이건 내가 실연당한 게 분해서 우는 것이 아니야. 그저 눈에 먼지가…… 눈에 먼지가 들어가서 먼지를 빼내기 위해 우는 거니까 오해하지 말도록 해. 알겠지?"

"응, 응."

그러면서 자리에서 일어나 펠리오네의 옆에 앉더니만 그녀를 꼬옥 껴안는 유리나였다.

그녀의 품에 안긴 펠리오네는 눈물을 흘리며 서럽게 울기 시작한다.

그것은 자신을 차버린 슈미드에 대한 원망의 눈물이자, 더이상 그에게 미련을 갖지 않겠다는 털어버리는 눈물이었다.

자신도 모르는 사이에 자신을 좋아하는 사람을 차버린 슈미드.

그날의 울음을 끝으로 슈미드를 사랑하던 한 여인은 자신의 마음을 접는 수밖에 없었다.

제**2**화
자미에르 대제의 강함

Dark
Blaze

첸의 귀환을 기다리는 동안 슈미드는 자신의 실력을 차곡차곡 다져나갔다.

아드리온 공작과의 대결은 그에게 큰 깨달음을 주었다.

글레이드 공작과 대결하면서 로드가 지닌 힘에 대해 자각할 수 있었다면, 아드리온 공작과의 대결은 자신의 역량을 최대한 발휘할 수 있게 하였다.

'어둠이 나를 잠식했을 때를 떠올려보자.'

어둠에 잠식당했을 때 같은 힘을 지니고 있었음에도 불구하고 결과는 판이하였다.

하얀 불꽃을 발휘하는 아드리온 공작을 상대로 자신은 간신히 동수를 이루는 것이 고작이었지만 어둠에 잠식당했을 때는 압도적인 힘으로 밀어붙였으니까.

그 차이는 힘의 활용과 강약의 조절이었다.

너무나 강력한 검은 불꽃의 위력에 자신도 모르게 취하여 힘 일변도의 공격을 펼쳤던 것이다.

그 사실을 깨닫는 순간 카엘라가 자신에게 해주었던 이야기가 떠올랐다.

'누나는 분명 정령이 가져다주는 강력한 힘에 취해 검술이 퇴보하는 경우가 있다 했지.'

카엘라는 자신에게 검술을 철저하게 단련하는 데 있어서 결코 게을러져서는 안 된다고 당부하고 또 당부했었다.

그런데 자신도 모르는 사이 검은 불꽃의 위력에 취해 제대로 된 힘을 발휘하지 못하고 있던 것이다.

누나의 걱정 없이 혼자 잘할 수 있다 생각하던 슈미드의 뼈 아픈 실책이었다.

자연스럽게 카엘라를 떠올리다 보니 그녀의 몸을 차지하고 있는 클로라이네가 떠올랐다.

'마왕 클로라이네라……'

마왕이라는 것이 믿기지 않을 정도로 인간 같은 모습을 보이는 클로라이네였다. 여태까지 있었던 마왕강림 중 대다수가 클로라이네의 강림이라 할 정도니 인간과 비슷한 속성을 지닌 것은 어쩔 수 없는 듯했다.

슈미드는 그녀를 보내주는 대가로 한 가지 약속을 받아냈고, 그것은 그녀에게도 이득이 되는 바였기에 수락을 한 상태였다.

하지만 슈미드는 이대로 넘어갈 생각이 결코 없었다.

'마왕을 몰아내고 누나의 몸을 되찾는다.'

첸에게 들었던 방법이 있다.

그것을 실현하기 위해서라도 일단은 그녀와 협력 체제를 유지해야 한다.

분명 결정적인 순간에 기회가 올 테니까.

기회를 잡느냐 잡지 못하느냐는 자신이 얼마나 준비를 하느냐에 따라 달라질 것이라는 걸 그는 느끼고 있었다.

"조금이라도 더 강해져야 한다. 이제부터가 진짜니까……."

황제에게 복수를 하기 위해서는 더욱더 강한 힘을 지녀야 한다.

눈을 감는 슈미드의 전신에 검은 기류가 잔잔하게 일렁이고 있었다.

*　　　*　　　*

나렌샤가 저택에 머물면서 하는 일은 정원사의 일이었다.

하이엘프인 그녀는 인공적으로 지어진 집보다 숲에서 더욱 편안함을 느끼고는 한다. 그렇기에 그녀는 페릴 상단 본부 저택에 자리한 정원을 곧잘 관리하고는 하였고, 그녀의 관리에 의해 정원은 무척 아름답게 가꿔지고 있었다.

별달리 할 일이 없는 그녀에게 있어서 즐거운 소일거리인 것이다.

오늘도 그녀는 정원을 관리하고 있었다.

세계수에서 태어난 그녀는 모든 식물과 남다른 친화력을 가지고 있었기에 그녀의 손길이 스치고 지나간 모든 식물들은 남달리 활기를 띠고 있었다.

수백, 수천 년 동안 살아온 식물에서는 정령이 생성되는데, 얼마 되지 않은 식물임에도 불구하고 그녀의 손길이 스치고 지나가면 감정 표현을 하듯 부르르 떨리고는 한다.

그 모습을 볼 때마다 나렌샤는 잔잔한 미소를 짓는다.

식물이 자라는 모습을 보면 흐뭇한 마음이 절로 들고는 했으니까.

그러나 그녀의 표정도 오래 유지되지 못했다.

돌연 나렌샤의 표정이 굳기 시작하더니, 어디론가 획 하고 고개를 돌렸던 것이다.

"이건……."

기이한 파동이 느껴졌다.

하지만 그 파동이 무척 익숙하다는 것을 그녀는 깨달을 수 있었다.

그 순간 나렌샤의 신형이 위로 솟구치더니 빠른 속도로 저택을 벗어나기 시작했다.

누구보다 빠른 움직임으로 왕도를 방어하고 있는 성을 빠져나간 나렌샤.

안전하게 착지한 그녀는 시선을 좌우로 옮기며 무언가를 찾고 있었다.

"분명 이쯤이었는데……."

주변을 둘러보던 나렌샤의 눈에 웅크리고 있는 작은 인영이 눈에 들어온다.

그것이 무엇인지 모를 그녀가 아니었다.

지금 자신이 이곳에 온 것은 그를 발견하기 위함이었으니까.

그녀의 발걸음이 자연스레 빨라졌다.

"첸!"

쓰러져 있는 인영의 정체는 다름 아닌 첸이었다.

그는 혈색이 빠져나간 창백한 안색을 한 채 힘겹게 고개를 들어 올렸다.

"쿨럭! 다행이군. 다행히 이곳까지 올 수 있었어……."

그 말과 함께 첸의 고개가 푹 꺾였다. 나렌샤를 보자 안도감을 느껴 그대로 정신을 잃은 것이다.

그가 쓰러지자 화들짝 놀란 나렌샤가 그의 몸에 기운을 주입하기 시작했다.

정신을 잃은 첸의 몸 상태는 심각했다. 내부가 강하게 진탕되어 내상이 걷잡을 수 없을 정도로 악화되어 있었고, 외상 또한 내상 못지않게 심각한 상황이었다.

왜 이렇게 심각한 부상을 입었단 말인가.

나렌샤에게는 길게 생각할 여유도 없었다.

그만큼 첸의 부상은 심각한 수준이었던 것.

서둘러 손을 움직이는 그녀는 면밀히 그의 몸 상태를 살펴
며 치료를 하다가 안도의 한숨을 내쉬었다.

"아직은, 아직은 괜찮아."

거울의 종족 특유의 회복력이 그를 살리는데 일조한 듯싶었다.

인간보다 월등한 치유 능력을 지니고 있었기에 간신히 생명
의 끈을 유지한 것이리라.

그 치유력이 발동되고 있음에도 불구하고 이 정도 부상을
입었다는 것은 그가 처음에 입은 타격이 어느 정도였는지를
짐작할 수 있게 해줬다.

아마 죽어도 이상하지 않을 정도의 큰 부상이었으리라.

"그래도 지금은 괜찮으니까."

그렇게 중얼거린 나렌샤가 응급조치를 취한 뒤 가볍게 손짓
을 하자, 쓰러진 첸의 몸이 두둥실 떠오르기 시작한다.

그와 함께 나렌샤의 몸 또한 떠오르며 페릴 상단 저택으로
향하기 시작한다.

* * *

드물게 나렌샤의 부름을 받은 슈미드는 간단하게 수련을 끝낸 뒤 그녀가 머물고 있는 방으로 향했다.

노크를 하고 방안으로 들어서던 그는 눈앞에 보이는 광경에 표정을 굳힐 수밖에 없었다.

"이건……."

그의 눈에 들어온 것은 믿을 수 없는 것이었다.

웃통을 벗은 채 붕대를 감고 있는 첸의 상체에서 온통 붉은 핏기가 배어 나오고 있던 것이다.

붕대 대부분이 붉은 피로 적셔진 것을 보아 그의 부상이 상상을 초월한다는 것을 알 수 있었다.

"어떻게 된 겁니까?"

슈미드가 나렌샤를 바라보며 묻자, 그녀는 아무 말도 하지 않은 채 고개를 저어 보인다.

그 모습에 그가 재차 물어보려 할 때, 첸의 음성이 들려왔다.

"그 부분에 대해서는 내가 이야기를 해야 할 것 같군."

"……!"

휙 고개를 돌린 슈미드의 눈에 힘겹게 상체를 일으킨 채 눈을 뜨고 있는 첸의 모습이 눈에 들어왔다.

놀란 기색이 역력한 슈미드의 시선에 첸이 쓴웃음을 지었다.

"쓸쓸한 모습을 보였군."

"어떻게 그런 부상을 입으신 겁니까? 설마……."

첸은 플로리데를 데려오기 위해 저택을 나섰다. 그리고 텔레포트를 시전하여 곧장 황궁으로 향했는데, 한 달 후에 돌아온 그는 온몸에 심각한 부상을 달고 있었다.

"당했다고 할 수 있지."

"역시."

카벨이 전하길, 현재 황궁에는 황제인 자미에르 대제를 비롯하여 아르칼 공작과 글레이드 공작, 데미안 공작이 합류해 있다고 한다.

근위기사단장인 테베로즈 후작이 없다고는 하나 은신해 있는 트루덴 백작까지 감안하면 무려 다섯 명의 로드가 모여 있는 셈이다.

이 정도 전력이면 드래곤도 사냥할 수 있으리라.

"어려웠겠군요."

"그 정도 수준이 아니었지. 그야말로 간신히 위기를 넘길 수 있었으니까, 허허!"

헛웃음을 흘리는 첸이었다.

그만큼 황궁 내에서 이루어진 접전은 상상을 초월하는 수준이었으리라.

그가 부상 입은 모습을 보니 새삼 황궁에 도사린 전력이 무시무시하다는 것을 알 수 있었다.

"그 정도로 로드의 합공이 강했던 것입니까?"

"합공? 합공이라……."

슈미드의 말에 잠시 눈을 빛낸 첸이 입가에 씁쓸한 미소를 지었다.

그는 애초에 자신이 일대일 대결로 패하지 않으리라 생각했나 보다.

사실 일대일이라면 누구에게도 패하지 않을 자신이 있었지만…… 황궁에서의 상황은 달랐으니까.

'그렇게 강해질 줄이야.'

자신을 상대했던 자미에르 대제의 강함은 소름이 끼칠 정도였다.

그는 이미 인간의 영역에서 한 걸음 벗어나 있었으니까.

자신도 전력을 아껴놓고 있다 했지만 그것은 자미에르 대제 또한 마찬가지.

드래곤조차 제압할 수 있는 자신의 전력을 개방한다 하더라도 이길 수 있을 것 같지 않았다.

"합공이 아니었네."

"합공이 아니었다면……."

슈미드의 얼굴에 놀라움이 서리기 시작한다.

합공이 아니라는 뜻은 설마 일대일 대결에서 패했다는 이야기란 말인가?

그 의문을 풀어주듯 첸이 순순히 대답한다.

"맞네, 일대일 대결에서 패했지. 그것도 완벽하게 실력으로."

"그게 정말입니까?"

믿기지 않는 사실에 슈미드의 표정이 굳어갔다.

자신이 아드리온 공작을 꺾을 정도의 힘을 지니게 되었다고 하나 여전히 첸과의 대결에서 승리를 할 가능성은 반반에 불과했다.

그런 그를 일대일 대결로 제압하였다?

마왕조차 제압하지 못했던 첸을?

그로서는 경악할 수밖에 없는 내용이었다.

"그래, 사실이지. 거울의 종족에게는 전력을 개방할 수 있는 장치가 존재하지만 설령 그것을 개방하더라도 이길 수 있을 것 같지가 않았어. 그래서 후퇴를 감행했지만…… 간신히 살아나 벗어난 것으로 만족할 수밖에 없었지."

"도대체 누구입니까?"

첸을 꺾은 자! 그의 정체가 궁금한 슈미드였다.

그 물음에 첸이 잠시 입을 닫았다가 그를 바라보며 열었다.

"헬카드 제국의 황제, 자미에르 대제라네."

"황제 말입니까?"

경악이 깃든 슈미드의 물음.

그도 그럴 것이 자미에르 대제는 여덟 명의 로드 중에서 글레이드 공작과 함께 하위권에 속한 인물이었던 것이다.

아니, 그가 로드의 경지에 올라 있다 알려진 것이 거의 상징적인 것이니 그에 대한 평가는 글레이드 공작보다도 아래에 놓여 있다 할 수 있다.

그런 그가 첸을 꺾었단 말인가?

믿기지 않을 수밖에 없었다.

"그게 정말입니까?"

"정말이라네. 날 이렇게 만든 것은 헬카드 제국의 황제, 자미에르였으니까."

"……"

한 글자씩 힘을 주어 말하자, 슈미드는 침묵할 수밖에 없었다.

자신이 잘못들은 것이 아닌 진실인 것이다.

자미에르 대제는 기존의 평가를 완전히 뒤집으며 첸을 꺾어 강함을 증명한 것이다.

"대단하군요. 최하위권에 속해 있는 황제가……"

"그는 정말 강했다. 나조차 막아낼 수 없었으니까."

"엘리멘탈 프로젝트 최초의 수혜자라서 그런 것입니까?"

엘리멘탈 프로젝트 최초 수혜자는 바로 알파드였다.

그러나 그가 죽은 이상 최초의 수혜자는 황제를 비롯한 오대 공작이 된다.

"그런 점이 있다고 부인할 수 없겠지. 아니, 그는 기존의 엘리멘탈 프로젝트를 한 단계 발전시켰다고 해도 과언이 아니다."

"발전이란…… 말씀이십니까?"

슈미드의 얼굴에 번져나가는 것은 경악이었다.

설마 엘리멘탈 프로젝트의 형태를 발전시킬 것이라 누가 예상했겠는가?

그 반응을 예상했다는 듯 첸이 말한다.

"나도 처음에는 믿기지 않았지. 하지만 믿을 수밖에 없다. 황제는 엘리멘탈 프로젝트를 발전시켜 기존의 것과 전혀 다른 새로운 체계를 정립한 게 분명해."

"도대체 어떤 방식인 것입니까?"

순수하게 엘리멘탈 프로젝트만 놓고 봐도 그 자체만으로도 대단한 위력을 지니고 있다.

그런데 거기에서 한 단계 더 발전시켰다면 대체 어느 정도로 강하다는 말인가.

경악이 담긴 그 모습에 첸은 잠시 침묵하다 입을 열었다.

"정령화라는 단계가 있더군."

"그렇습니다. 로드의 경지에 오르면 자신의 몸을 정령화 시킬 수 있습니다."

정령의 힘을 끌어들여 몸을 정령화 시키는 것이 바로 그것이다.

이럴 경우 물질 공격이 모조리 무효화 되며, 동급의 경지가 아니고서는 맞상대가 불가능해진다.

마스터의 경우 어떻게든 맞설 수 있을 것이라 예상되지만 제대로 된 대결이 성립되지 않는 이상 어떨지 섣불리 예상하기 힘들다.

단점이 있다면 신체를 정령화시킬 수 있지만 머리만큼은 정령화가 불가능하다는 점이다.

머리를 노릴 수만 있다면 정령화도 마냥 무적은 아니라는 뜻이다.

"정령화는 정령과의 친화력을 더욱 끌어올린 단계라 할 수 있지. 즉, 자신의 몸을 순간적으로 정령과 일체화시킨다 할 수 있다네."

"그렇습니까?"

자세한 원리는 슈미드도 모른다.

다만 자신이 계약한 어둠의 정령과 더욱 친밀도가 올라가는 느낌과 함께 몸의 일부가 검은 불꽃으로 화해버리는 느낌이 들었을 뿐.

"그 녀석은 그것을 더욱 발전시켰지. 찰나에 정령과 일체화시키는 것을 넘어서, 아예 정령과 일체화시켰다 할 수 있지. 즉, 완벽한 정령과 같은 상태란 이야기지."

"정령과 일체화……."

그 말은 곧 황제가 정령이 되었다는 뜻과 다를 바 없었다.

자신의 생각이 맞냐고 묻는 듯한 슈미드의 눈빛에 첸이 고개를 끄덕인다.

"이미 정령이 되었다 할 수 있지."

"맙소사……그것이 가능하다니."

인간의 몸으로 정령화가 되었다는 것 자체가 충격적이었다.

신체의 일부를 잠시나마 정령화시켰다는 것 자체만으로도 놀라운데 본인 자체가 정령이 되었다? 그것도 인간의 몸으로?

　얼마나 강한 힘을 지니고 있을지 상상도 하기 힘들었다.

　"빛의 힘을 지닌 황제는 정령이 됨으로써 물질적인 공격이 통하지 않고, 누구보다 빠르게 움직이는 것이 가능해졌지."

　그것은 첸이 직접 경험한 것이다.

　세상에서 가장 빠른 빛의 공격은 눈으로 보고 막을 수 있는 수준의 것이 아니었다.

　차원을 달리하는 속도, 그리고 강렬함.

　두 가지를 모두 지니고 있는 자미에르 대제의 강함은 완전 무결에 가까웠다.

　"그렇다면 어떻게 해야 합니까?"

　슈미드가 물어본 것은 자미에르 대제의 공략법이다.

　그의 이야기를 듣고 있다 보면 자미에르 대제를 꺾을 방법이 떠오르지 않았으니까.

　일대일 대결을 해보고 싶었지만 그러기 전에 첸에게 제지당할 것 같았다.

　"마왕의 힘을 이용해야겠지. 그리고 나와 자네가 힘을 합쳐야 하고."

　"……."

　합공을 운운하는 첸.

그것이 마음에 들지 않는지 슈미드는 아무 말도 하지 않았다.

그러다 문득 떠오른 것이 있는지 첸이 슈미드에게 묻는다.

"그러고 보니 합공을 언급했는데 황궁에 나를 상대할 강자가 있는가 보군?"

"있는 정도가 아닙니다. 전날 제가 상대했던 수준의 강자가 무려 넷이나 존재합니다. 여차 해서 합류할 경우 다섯 명으로 늘어나고요."

"다섯 명이나?"

아드리온 공작의 강함을 느꼈기에 첸의 표정이 심각해진다.

그들 중 두 명만 합공하더라도 슈미드가 수세에 몰릴 테니까.

한두 명도 아니고 다섯 명이라면 난제 중 난제였다.

"특히 알려진 바가 없는 트루덴 백작 같은 경우는 어떻게 상대해야 할지 감이 잡히지 않습니다."

그림자 정령을 다룬다는 것 외에는 전혀 알려진 바가 없으니까.

알려진 능력자보다 알려지지 않은 능력자가 더욱 위험하였다.

슈미드의 말을 들은 첸이 한숨을 푹 내쉬더니 고개를 저었다.

"트루덴이라면…… 이미 죽었다네."

"죽었단 말입니까?"

격전을 벌이다 죽이는 데 성공했단 말인가?

하지만 첸은 합공을 당한 적이 없다고 했는데?

의문이 담긴 그의 시선에 첸은 안타까운 눈을 한 채 말한다.

"트루덴은 거울의 종족이라 할 수 있지. 엘리멘탈 프로젝트의 단초를 내가 제공하면서 그를 지킬 호위로 파견하였는데 죽음을 당했더군. 허허!"

대륙에 몇 남지 않던 거울의 종족 중 자신을 따르던 유일한 인물이었다.

천오백 년 전 자신의 실수로 인해 종족의 대부분이 사라진 지금, 유일한 동족인 그가 자신의 실수로 인해 죽었다 생각하자 마음이 쓰린 첸이었다.

"트루덴 백작이 거울의 종족이었다니……."

만만치 않은 신위를 지니고 있다 생각했지만 인간이 아닐 줄 생각도 못했다.

"다른 거울의 종족과 연락을 취해 도움을 요청하면 안 됩니까?"

하나하나가 드래곤에 버금가는 거울의 종족이다.

그들을 불러낼 수만 있다면 다른 네 명의 로드들을 걱정할 필요가 없다.

첸은 고개를 저었다.

"불가능하네. 천오백 년 전 영마전쟁 이후 중간계에 거울의 종족은 채 다섯이 남지 않았지. 그마저도 나에게 등을 돌렸고…… 그들과 연락을 취할 방법은 불가능에 가깝다네."

"그렇군요."

아쉬운 표정을 지으며 고개를 끄덕이는 슈미드.

거울의 종족이 참전한다면 상황이 쉽게 돌아갈 수 있을 거라 생각했는데.

"우선 부상을 회복하는 게 먼저일 테지. 부상을 회복한 뒤천천히 계획을 세워도 좋을 테니까."

"물론입니다."

마음이 다급했지만 슈미드는 첸의 말에 순순히 납득했다.

플로리데를 구출하는 데 그의 도움은 반드시 필요했으니까.

"……."

첸은 슈미드에게 이야기하지 않은 것이 있었다.

바로 플로리데의 안전 여부에 대해서였다.

나렌샤는 그를 안심시킬 요량으로 괜찮다 말을 했지만 첸이보기에 플로리데는 전혀 안전하지 않았다.

자미에르 대제가 정령이 될 수 있었던 것은 플로리데의 몸속에 서린 빛의 원천을 흡수하여 가능한 일이었다.

생명의 그릇을 대신하고 있는 빛의 원천이 사라지면 더는이용가치가 없어진 플로리데가 어떻게 될지 아무도 모르는 일이다.

그것을 말하면 무모한 걸 알면서도 황궁으로 달려갈 것을 알고 있었기에 첸은 언급하지 않았다.

아직 불완전체라는 자미에르 대제의 말을 들었으니 아직 시간은 남아 있으리라 생각하며.

"이만 나가보게, 쉬고 싶군."

"알겠습니다."

고개를 숙인 슈미드가 방을 나섰다.

그의 뒷모습을 바라보는 첸의 눈은 복잡하였다.

*　　*　　*

방을 나선 슈미드의 발걸음은 모디악이 머물고 있는 곳으로 향했다.

첸에게 일의 대략적인 면을 들었으니 이후의 계획을 그와 논의하기 위해서였다.

"그게 사실이라면……."

첸이 했던 이야기를 모두 들은 모디악의 표정이 심각해졌다.

언젠가 카벨에게 들었던 것처럼 황제의 무위는 상상을 초월하고 있던 것이다.

그 무위가 드래곤에 비해 부족하지 않다는 첸을 꺾을 정도라니.

첸이 패했다는 말은 곧 현시점에서 황제를 일대일로 꺾을 존재가 전무하다는 뜻과 같다.

현재 강림했다는 마왕이 제힘을 모두 발휘할 수 있다면 모를까.

'아니, 마왕이라 해도 힘들지도……'

존재 자체가 정령이 되었다면 마왕조차 그를 꺾을 확률은 높지 않으리라.

그 하나만으로도 힘든데 황궁에는 세 명의 공작과 언제든지 복귀가 가능한 근위기사단장 테베로즈 후작까지.

로드만 네 명이라면 당장 국가 여럿을 멸망시키고도 남을 전력이었다.

잠시 생각에 잠겨 있던 모디악이 입을 연다.

"그렇다면 최소한 두 명의 초인이 필요합니다."

"두 명? 두 명이라면……"

"첸 님을 비롯하여 마왕과 마왕의 기사라 불리는 그렉스가 있습니다. 그리고 슈린 경까지 포함하면 능력자는 도합 네 명. 황제를 제외한 황궁의 로드들과 같은 전력입니다. 하지만 황제의 무위가 대단한 만큼 그는 최소한 두 명이 맡아야 한다는 것이 제 생각입니다. 그렇지 않으면 황궁의 공략은 불가능합니다."

냉정하게 전력을 분석하여 말하는 모디악이었다.

그의 말에는 아직 슈미드가 단독으로 황제를 상대할 수 없다는 뜻이 숨어 있었고.

그것을 알았기에 슈미드는 입맛이 썼지만 사실은 사실이었다.

"두 명이라면⋯⋯."

"셰드로 공작 전하에게 도움을 청해보는 것이 어떻습니까?"

셰드로 공작을 언급하는 모디악.

지금 상황에서 슈미드에게 도움을 줄 법한 유일한 인물이 바로 그였다.

헬카드 제국에 원한을 갖고 있는 그를 잘 설득한다면 충분히 도움을 얻을 수 있으리라.

"공작 전하께서 도움을 줄 것이라 생각하시는 것입니까?"

"말을 안 해보는 것보다 낫다 생각합니다."

"⋯⋯."

시도를 해보지도 않고 포기하려는 슈미드를 날카롭게 꼬집는 말이었다.

국가에 소속되어 있다 하나 셰드로 공작이 강하게 주장할 경우 충분히 가능한 일이기도 했으니까.

"좋습니다, 일단 공작 전하께 말씀드려 보지요."

"잘 생각하셨습니다."

"셰드로 공작님을 설득한다 하더라도 다른 한 명을 구하는 것은 불가능합니다. 근위기사단장인 프로에일 후작이나, 국경을 지키고 있는 요르넨 공작이 움직일 리 없으니까요."

라이오스 왕국의 두 번째 마스터 요르넨 공작은 대표적인 귀족파 인물로 권력에 대한 욕심이 상당한 인물이었다.

이해타산적이고 권력욕이 많은 그가 자신에게 별다른 이익이 돌아오지 않을 황궁 공략 작전에 참가할 리 없다.

그렇다고 근위기사단장인 프로에일 후작이 움직일 리는 없고.

그나마 친분을 쌓고 있는 셰드로 공작조차 설득할 수 있을지 확신이 서지 않았다.

두 마스터는 요르넨 공작의 야심을 막는 역할도 하고 있었으니까.

"셰드로 공작 전하만 참전한다 해도 충분히 일전이 가능합니다."

"그렇습니까?"

눈을 빛내며 묻는 슈미드의 모습에 모디악은 입가에 미소 짓는다.

"다섯 명만 되어도 기습 공격을 할 경우 우위를 점할 수 있습니다. 현재 테베로즈 후작은 황궁에 없는 상황이었으니 기습 공격을 한 뒤 가장 약체인 글레이드 공작만 제거하면 상황은 유리하게 돌아갈 것입니다."

다섯 명의 초인이 움직인다면 세 명의 로드를 감당하고도 두 명의 초인이 남는다는 계산이었다.

그렇게 되면 황제를 공략하는 것도 가능해진다.

"게다가 황제가 가장 먼저 응전할 리가 없지 않습니까? 그런 만큼 자존심을 버리고 합공을 펼친다면 승리 가능성은 충분히 높습니다."

모디악이 가장 염려하는 것은 초인들의 자존심이다.

그들이 자존심을 버리고 합공할 가능성은 극히 적으니까.

특히 개인의 무위라는 측면에서 볼 때 막강함을 자랑하는 황제를 한 명이 감당할 수 없는 만큼 합공은 필수였다.

"그 부분은…… 만약 여의치 않다면 저와 첸 님이 합공하도록 할 테니 걱정하지 마시길."

슈미드의 대답에 모디악은 표정을 풀며 입가에 미소 지었다.

"좋습니다."

"합공을 하면 승산이 있다라…… 그렇다면 셰드로 공작 전하를 설득하는 것이 급선무군요."

"그렇습니다."

"좋습니다, 제가 가보도록 하지요. 가서 셰드로 공작 전하를 설득하도록 하겠습니다."

모디악의 계획으로 머리가 확 맑아지는 느낌에 슈미드의 목소리도 덩달아 밝아졌다.

*   *   *

"유리나, 요즘은 오빠를 만나러 가지 않나 봐?"

페릴은 자신 앞에서 조용히 차를 마시는 유리나를 보며 말했다.

열흘 동안 유리나는 꾸준히 페릴의 저택으로 방문을 하였다.

하지만 페릴이 의아하게 여길 정도로 그녀는 슈미드를 찾지 않았다.

처음에는 수련에 빠져든 슈미드를 배려해서 그런 것이라고 생각했다. 허나, 그것도 하루 이틀이면 모를까 무려 열흘이 넘도록 슈미드를 찾지 않는 유리나를 보며 페릴은 의구심이 들었다.

서로 싸우기라도 한 것인가?

괜히 머리가 복잡해지는 느낌에 페릴은 마침내 참지 못하고 유리나에게 물음을 던졌다.

그녀는 페릴의 물음에 멈칫하다 입을 열었다.

"지금 슈린 경을 보면 착잡할 것 같아서……."

"착잡하다고? 어째서?"

이해가 되지 않았기에 고개를 갸웃거리는 페릴.

그 모습에 유리나가 잠시 머뭇거리다가 입을 열었다.

"페릴, 너라면 알 거라 생각해. 펠리오네가 슈린 경을 좋아하고 있는 것을."

유리나의 말에 페릴은 자신을 찾아와 당당하게 마음을 밝히던 펠리오네의 모습이 떠올랐다.

"알고 있지."

고개를 끄덕이며 대답하는 그녀의 모습에 유리나가 말한다.

"페릴 너와도 절친하지만 나는 펠리오네와도 절친한 사이야. 이게 무슨 뜻인지 알고 있지?"

절친한 사이라면 서로의 마음을 터놓고 지낼 수 있다는 말. 유리나는 페릴에게 자신의 마음을 털어놓을 수 있었고, 페릴 또한 자신의 마음을 털어놓고는 했으니까.

당연한 말이었기에 페릴이 고개를 끄덕여 보이자 유리나가 잠시 머뭇거리더니 입을 연다.

"그런데 얼마 전에 펠리오네가 말했어. 더 이상 슈린 경을 좋아하지 않겠다고. 자신의 마음을 포기하겠다고 말이야."

"그게 사실이야?"

눈을 동그랗게 뜬 페릴이 놀라움을 가감 없이 표현했다.

"응."

"그렇다면 유리나, 펠리오네에게는 미안한 말이지만 네게는 좋은 거잖아."

펠리오네 입장에서는 애석하게 됐지만 유리나 입장에서는 경쟁자 한 사람이 나가떨어진 상황이기에 좋아해야 할 입장이다.

"그렇긴 하지만 펠리오네는 내 친한 친구여서……."

"원래 사랑을 쟁취하는 것도 경쟁이야. 그러니 그 부분에 대해서 애석하게 생각하지만 유리나 지금 네 입장도 좋지 못한 만큼 이런 행동을 할 필요는 없다고 봐. 펠리오네 왕녀 마마 일 때문에 그랬던 거였어?"

"응…… 괜히 슈린 경을 보면 좋지 않은 소리가 흘러나올 것 같아서."

욱하는 자신의 성격을 알기에 유리나도 나름대로 노력한 것이다.

괜히 만나서 한소리 했다가 여태까지 힘겹게 쌓아온 것을 와르르 무너뜨릴 것 같은 느낌에 조심한 것이고.

"욱하는 성격이 문제라니까, 어쨌든 그 부분은 유리나 네 문제야. 나쁘게 생각하면 끝이 없어. 그러니 좋게 생각하는 게 난 좋다고 봐."

"그래야겠지."

그것을 알고 있었기에 유리나는 고개를 끄덕이며 납득하는 모습을 보였다.

단지 그녀가 이런 행동을 보이는 것은 슈미드의 차가운 태도 때문이었다.

"다만 펠리오네의 마음을 조금도 몰라준 슈린 경이 야속하게 느껴져서."

자기는 당당하게 말했음에도 불구하고 제대로 된 반응을 얻지 못했는데 그 마음조차 제대로 밝히지 못한 펠리오네는 얼마나 마음고생을 했겠는가.

그 점이 마음에 들지 않는 유리나였다.

"……."

페릴 또한 유리나와 비슷한 생각을 하고 있었기에 한순간 침묵에 빠져들 수밖에 없었다.

한 사람은 친오빠나 다름없는 사촌 오빠였고, 다른 한 사람은 처음으로 사귄 친한 친구였다.

여기서 자신이 유리나의 편을 들면 슈미드만 너무 불쌍해질 것 같아 페릴은 애써 그의 편을 들어주었다.

"그 점은 유리나, 네가 이해해줘야 해. 오빠가 연애 경험이 있는 것도 아니고."

플로리데와 서로 좋아한다고는 하지만 둘은 제대로 된 연애를 즐긴 사이가 아니었다.

당연히 슈미드가 여성의 심리에 빠삭할 리 없는 것이다.

그 말을 못 알아들을 유리나는 아니었다.

"이해는 하지만……."

좀 더 이해해주길 바라고 사랑받길 원하는 것은 자신의 과욕일까.

"그 점마저 좋아한 거잖아? 난 어쩔 수 없다고 봐. 여차하면 유리나 네가 그 성격을 바꿔주면 되는 거잖아? 내 여자에게만큼은 달콤한 남자로."

페릴의 말이 유리나의 상상력을 자극한다.

언제나 자신에게 무뚝뚝하던 슈미드의 모습.

하지만 자신에게 사랑을 느끼고 그가 자신에게 점점 다정하고 사랑스러운 모습을 보여주게 된다면…….

"헤에……."

자신도 모르게 입을 벌린 채 상상의 나래에 빠져드는 유리나였다.

'미안, 유리나.'

그것이 현실도피라는 것을 알고 있었지만 페릴은 별다른 말을 해줄 수는 없었다.

상상에 빠진 그녀는 누구보다 행복해 보였기에.

현실도피를 할 정도로 그녀가 절박한 상황이란 걸 깨달은 페릴은 괜히 미안한 느낌을 받고야 만다.

*   *   *

페릴과 유리나가 도란도란 이야기를 나누고 있을 무렵, 세드로 공작은 손님을 맞이하게 되었다.

영지에서 올라온 간단한 업무를 처리한 세드로 공작은 손님이 방문했다는 소식에 고개를 갸웃했다가 자신을 찾아온 손님의 정체를 전해 듣고 황당한 표정을 지었다.

"그 녀석이 무슨 일로?"

젊은 녀석답지 않게 엉덩이가 무거워 감히 자신을 직접 움직이게 만든 녀석 아니던가?

그런데 직접 찾아왔다고 하니 세드로 공작은 의아함을 느낌과 동시에 그를 맞이해야만 했다.

"무슨 일인지 모르지만 엉덩이가 무거운 녀석이 직접 찾아왔는데 만나주지 않는 건 예의가 아니겠지."

그렇게 말을 하고는 있지만 사실 그가 슈미드를 만나기로 결정한 것에는 여러 가지 이유가 숨어 있었다.

그 중 하나는 바로 유리나에 관련된 문제였다.

자신에게 공개적으로 슈미드를 좋아한다고 선언하고 그가 머무는 페릴 상단에 매일같이 방문을 한다.

이미 그 소문은 왕도 전체에 퍼져 모르는 사람이 없을 정도였다.

몰래 마차를 타고 다니는 것도 아니고, 말을 타고 곧장 페릴 상단으로 향하는 유리나였으니까.

대외적으로는 그녀가 페릴 상단의 주인과 상당한 친분을 가졌다 알려졌지만 알 만한 사람들은 그녀가 슈미드를 좋아하고 있다는 것을 대부분 눈치채고 있었다.

처음에 셰드로 공작은 반대하는 입장이었다.

언젠가 떠나버릴 녀석이라는 느낌을 강하게 받았기에 유리나가 그 녀석을 좋아하면 남는 것은 상처뿐이라 생각했으니까.

슈미드를 만나기 위해 그녀가 보인 의지는 범인의 상상을 초월하는 것이었다.

그를 만나고 나서 삼 년 가까운 시간 동안 유리나는 엑스퍼트의 경지에 올라섰고, 심지어는 상급을 엿보는 경지까지 도달했다.

매일같이 슈미드에게 검술을 지도받은 것도 큰 이유지만, 무엇보다 스스로의 노력과 열정이 겸비되어 나온 결과물이었다.

여기에 대고 자신이 무어라 더 말할 수 있단 말인가.

그녀는 자신의 의지를 보여 스스로 실력으로 입증했는데.

이미 셰드로 공작가의 후계자인 테루인보다 더 높은 성취를 이룬 유리나였다.

겨뤄보지 않았지만 겨룬다면 백이면 백 유리나의 승리로 끝나리라.

기왕 좋아하게 된 거, 셰드로 공작은 유리나가 슈미드와 잘되길 바랐다.

처음 반대했던 것도 그녀를 위해서 그랬던 것이지, 그녀가 잘못되길 바라는 게 공작의 본심은 아니었으니까.

뿐만 아니라 불가능을 서서히 가능으로 바꿔가는 슈미드가 마음에 들었기에 찬성하는 면도 있었다.

잘 되길 바란다면 내키지 않지만 자신이 슈미드를 잘 대해줘야 한다.

어쩌다 이렇게 됐는지 모르겠으나 모두 손녀를 위해서라고 스스로 위로하며 셰드로 공작이 보고를 가지고 온 기사에게 명령을 내렸다.

"정중하게 데려오라."

"그것이……."

셰드로 공작의 명령에도 불구하고 머뭇거리는 기사.

그 모습에 의아함을 느낀 셰드로 공작이 눈썹을 꿈틀거리며 물었다.

"무슨 일이지?"

"테루인 공자님께서 손님을 맞이하시겠다고……."

"이런."

테루인이 직접 마중 나갔다는 이야기에 셰드로 공작이 머리가 아픈 듯 이마를 짚었다.

그는 유리나와 사이가 무척 좋지 않을뿐더러, 어릴 적 부모를 잃으면서 왕국이 부모님을 지켜주지 못했다고 원망하여 권력을 무척 탐한다.

그렇기에 유리나가 좋아하는 사람과 자유로이 혼인하게 놔두자는 셰드로 공작과는 번번이 충돌을 일으켰다. 좀 더 큰 권력을 쥐기 위해서는 유리나가 가문의 공녀로서 권력가에게 시집가야 한다는 것이 테루인의 생각이었으니까.

고지식하며 원리원칙을 고수하는 테루인과 자유로운 것을 좋아하는 유리나는 성격적인 측면에서도 상당한 충돌을 일으켜 사이가 무척 좋지 않다.

테루인은 슈미드에 관한 소문을 접하고 있지만 자신의 눈으로 본 것 이외에는 절대 믿지 않는 테루인의 성격상 슈미드에게 무례를 범할 가능성이 농후했다.

머리가 아파져 오는 듯 손으로 이마를 짚으며, 셰드로 공작이 곧장 명령을 내린다.

"일단 데려오도록. 괜히 쓸데없는 일을 일으키지 않도록 말이야."

상당한 기세가 실려 있는 셰드로 공작의 말에 기사는 뻣뻣하게 굳으며 황급히 대답했다.

보고를 하러 오는 도중에 테루인과 만나 슈미드가 방문했음을 알린 사람이 다름 아닌 자신이었던 것이다.

"알겠습니다."

고개를 숙인 기사가 황급히 집무실을 벗어났다.

홀로 남게 된 셰드로 공작은 손으로 이마를 짚은 채 고개를 가로저었다.

"골치 아픈 두 녀석이 만났군. 골치 아픈 녀석 둘이⋯⋯."

제**3**화
좋은 것만 가려듣기

Dark
Blaze

　셰드로 공작가 저택에 방문한 슈미드는 자신이 왔음을 알리고 넉넉잡고 기다릴 생각을 하였다.

　하지만 지금 전혀 의외의 상황이 벌어지고 있었다.

　얼마 기다리지 않았음에도 불구하고 정문이 열리더니, 호위병이 정중하게 말을 건 것이다.

　"안으로 드십시오."

　'벌써 안으로 소식이 전달되었나? 하지만 그러기에는 너무 빠른데?'

　의문이 들었지만 어차피 좋은 게 좋은 것이라 생각하며 고개를 끄덕인 슈미드가 호위병을 따라 안으로 걸어 들어간다.

저택 안으로 들어가려던 그의 앞에 한 청년이 모습을 드러낸다.

이십대 중반 정도로 보이는 나이에 붉은 머리를 한 청년이었다.

날카로운 눈매를 지닌 청년은 잘생기긴 잘생겼지만 다소 차가운 인상을 주고 있었다.

슈미드는 그를 보고 한눈에 유리나의 오빠라는 것을 짐작할 수 있었다.

'유리나에게 오빠가 있다고 하더니 그런 것 같군.'

검술 수련을 하면서 유리나는 슈미드에게 종종 오빠에 대한 이야기를 꺼내고는 하였다.

이십대 초반의 나이에 엑스퍼트에 오른 그는 상당한 기재로서 검술뿐만 아니라 정계에서도 두각을 나타내는 인물이었다.

셰드로 공작은 권력에 뜻이 없어 도통 모습을 드러내지 않지만 그의 후계자인 테루인은 정계에 적극적으로 가담하여 자신의 영향력을 확장하고는 하였다.

붉은 머리 청년, 테루인은 슈미드를 바라보며 눈에 이채를 띠더니 정중하게 예를 취해 인사를 했다.

"테루인이라고 합니다. 슈미드 경이 맞습니까?"

"맞습니다."

자신의 이름이 직접적으로 언급되었지만 슈미드는 아무 내색하지 않은 채 오히려 입가에 미소를 띠고는 대답한다.

아드리온 공작을 꺾은 이후 라이오스 왕국에서 슈미드의 존재를 모르는 귀족은 아무도 없었다.

종종 그를 만나고자 페릴 상단을 방문하는 귀족도 있을 정도였으니까.

그로 인해 페릴 상단의 상행이 무척 늘어났다는 페릴의 말을 들은 적도 있다.

직접적으로 이름이 언급되는 것을 싫어한다고 들었는데 오히려 입가에 미소 짓는 그의 모습을 보니 만만치 않다는 생각이 들었다.

"뵙게 되어 영광입니다."

"저 또한 공작 전하의 후계자인 테루인 공자님을 뵙게 되어 영광입니다."

첫인상에서 날카로우면서도 자기 주관이 굳은 인물이라는 것을 느꼈다.

이런 인물은 한 번 적이라 규정하면 끝도 없이 적대하기에 슈미드는 불필요한 적을 만들지 않기 위해 정중한 모습을 보였다.

"두 명의 로드를 격파한 슈미드 경을 뵙게 되다니, 제가 오히려 영광이지 않습니까? 저 또한 검을 수련하는 한 사람의 검사로서 슈미드 경을 무척 존경하던 차입니다. 할아버지를 뵈러 오셨다는 말에 제가 안내하고자 나온 것이니 기분 나빠하지 마시길."

'그래서 안으로 들여보낸 속도가 빠른 거로군.'

의문이 해소되는 것을 느낀 슈미드가 고개를 살짝 저어 보였다.

"그 부분에 대해서는 걱정하지 않으셔도 됩니다. 저 또한 한 번쯤 뵙고 싶었으니."

"그렇다면 다행입니다."

슈미드와 테루인의 대화는 다른 사람이 보기에 무척 독특한 것이었다.

입가에 은은한 미소를 짓고 있는 슈미드에 비해 테루인의 얼굴에 드러난 표정은 무척 차가웠기 때문이다.

"유리나의 실력이 일취월장했다는 이야기를 들었습니다. 엑스퍼트의 경지를 돌파하여 중급의 경지를 노려볼 정도라고요?"

"예, 유리나 공녀님의 경우 재능도 뛰어나고 열의도 있어서 진전이 무척 빠릅니다."

말을 편하게 하기로 했지만 테루인이 어떻게 생각할지 몰라 공대를 하는 슈미드였다.

"가르침이 뛰어나서 그런 것 아니겠습니까?"

"그건 둘째로 쳐야 할 듯싶군요. 제가 아무리 잘 가르치더라도 공녀님이 재능과 열정이 없었다면 그런 성취는 불가능할 테니까요."

"그렇군요. 유리나도 참으로 대단합니다. 여성의 몸으로 그런 성취를 이루다니."

그렇게 말을 하는 테루인은 감탄보다 묘하게 비꼬는 듯한 느낌을 주었다.

자신이 착각한 게 아닐까 싶어 슈미드가 순간 고개를 갸웃할 정도였으니까.

"테루인 공자님의 성취도 뛰어나다 생각합니다만."

"제 성취는 나이대에 비하여 일반적일 뿐이지요. 오히려 여자의 몸으로 그런 성취를 이룬 유리나가 대단한 것 아니겠습니까?"

이십대 초반에 엑스퍼트의 경지에 올랐으니 테루인의 재능도 상당히 뛰어나다.

하지만 유리나의 성취가 워낙 대단하고, 로드를 꺾은 슈미드의 앞이다 보니 자신의 성취를 내세울 수 있는 입장이 아니었다.

"그건 그렇지만……."

"엑스퍼트의 벽을 넘지 못하면 왕자 전하나 요르멘 공작가로 시집이라도 보낼까 싶었는데 참으로 애석하군요."

"……"

이야기를 나누던 슈미드는 위화감을 느껴야만 했다.

그가 유리나를 칭찬하더라도 진심이 느껴지지 않은 채 묘하게 비꼬는 듯한 느낌을 받아야 했던 것이다.

그리고 지금 말로 인해 그 위화감이 사실이라는 것을 깨달을 수 있었다.

유리나와 테루인의 사이가 무척 좋지 않다 알려져 있으니까.

"한 가지 묻고 싶은 것이 있습니다."

슈미드가 침묵하자 테루인이 발걸음을 멈췄다.

그러자 슈미드도 발걸음을 멈춘다.

그를 잠시 바라보던 테루인이 슈미드에게 묻는다.

"제가 알아본 바에 의하면 유리나는 슈미드 경을 좋아한다고 하더군요."

"……사실입니다."

잠시 대답을 머뭇거리던 슈미드가 솔직하게 대답한다.

거짓을 말해봤자 속을 인물도 아닌 것 같았고, 이미 자신의 생각을 확고하게 굳히고 있는 것 같았으니까.

그의 대답에 테루인의 표정이 조금씩 굳어가기 시작하더니 슈미드에게 말한다.

"그렇다면 슈미드 경은 유리나를 좋아하고 있습니까?"

"명확한 답을 바라는 것입니까?"

"그렇습니다."

"……"

생각에 잠기는 슈미드.

정확하게 말하면 그는 유리나를 좋아한다.

하지만 그렇다고 사랑하는 것은 아니었다.

적극적으로 나오는, 자신에게 매달리는 그녀의 모습은 누구보다 사랑스러웠지만 자신의 마음속에는 플로리데가 확고하게 자리 잡고 있었다.

가끔씩 흔들리며 그녀를 받아들여도 되지 않을까 하는 마음이 있었지만 그것을 힘겹게 다스리고 있는 실정이었다.

억지로 마음을 다잡으며 슈미드는 대답했다.

"좋아하는 것은 사실입니다. 하지만 사랑하는 것은 아닙니다."

유리나에게 있어 더없이 잔혹한 말이었다.

하지만 억지로 다잡아 하는 말이니만큼 그는 거침이 없었다.

슈미드의 말을 들은 테루인이 표정을 굳히며 말한다.

"좋아하되 사랑하지 않는다. 그렇다는 건 유리나와 결혼할 생각이 없다는 거로군요."

"솔직히 유리나 공녀님을 볼 때면 흔들릴 때가 많습니다. 하지만 제게는 사랑하는 여인이 있습니다."

자신의 마음을 솔직하게 털어놓는 슈미드였다.

그 대답을 들은 테루인이 그를 바라보며 말했다.

"그렇다면 유리나를 매몰차게 거절해주십시오."

"왜입니까?"

"그녀에게 좋은 혼처가 들어왔기 때문입니다."

그에게 부탁하는 테루인의 모습은 거침이 없었다.

잠시 침묵하던 슈미드가 확실하게 짚고 넘어갈 게 있는지
그를 바라보며 묻는다.

"한 가지 묻고 싶은 게 있습니다."

"말씀하십시오."

"그 혼처가 유리나 공녀님을 위한 것입니까?"

"공작가를 위한 것입니다."

묘한 말이었다.

슈미드가 물어본 것은 유리나를 위한 것이냐고 했지만 그는
유리나를 위한 것이 아닌 공작가를 위한 것이라 대답했다.

이 말은 유리나를 위한 것이 아니라는 뜻과 같았다.

테루인의 대답을 들은 슈미드는 망설임 없이 답했다.

"그렇다면 그 부탁은 들어 드릴 수 없습니다."

"어째서입니까?"

날카로운 표정을 지으며 기세를 뿜어내는 테루인.

엑스퍼트인 그가 내뿜는 기세였지만 슈미드는 가소롭다는
듯 입꼬리를 말아 올리며 손을 살짝 젓는다.

그러자 그의 기세는 연기처럼 말끔하게 흩어진다.

자신의 기세를 아무렇지도 않게 흩어버리는 그의 모습에 테
루인이 뒤로 주춤 한 걸음 물러난다.

그를 바라보며 슈미드가 말한다.

"유리나 공녀님이 저를 좋아하는 이상 다른 사람에게 갈 때
그녀를 행복하게 해줄 사람이 아니면 저는 찬성할 수 없습니

다. 그것이 제가 할 수 있는 그녀에 대한 최선의 배려이기 때문입니다. 가문을 위해서 정략혼인을 하라, 이것을 과연 셰드로 공작 전하께서 허락하시리라 생각하는 겁니까?"

"……."

셰드로 공작까지 언급되자 아무 말도 하지 못한 채 뒤로 물러나는 테루인.

권력을 쫓는 그와 달리 셰드로 공작은 권력에 그리 흥미가 없는 모습을 보이고는 했으니까.

테루인의 입장에서는 이해가 되지 않는 행동이 아닐 수 없다.

잠시 침묵하던 테루인이 슈미드를 노려보며 입을 열었다.

"인정할 수 없습니다. 슈미드 경이 어찌 유리나의 인생에 대해 논한단 말입니까."

"충분히 연관이 있으니 언급하는 것입니다."

"그럴 자격이 있다는 것을 실력으로 증명하십시오."

불길이 이글거리는 눈으로 슈미드를 노려보며 대결을 신청하는 테루인.

그 말에 슈미드가 피식 웃음을 지으며 말한다.

"절 상대로 승리할 수 있을 것이라 생각하는 것입니까?"

조소하듯 말하는 슈미드의 모습에 테루인이 고개를 저으며 말했다.

"유리나에 대한 제 입장이 어떠한지 알려 드리기 위함입니다. 그녀의 인생에 대해 논하지만 슈미드 경과 저는 각오 자체가 다릅니다. 그 의지를 보여 드릴 것입니다."

그렇게 말을 했지만 슈미드의 실력을 직접 눈으로 보고 싶은 욕심도 있었다.

하지만 슈미드는 테루인의 요청을 쉽게 들어주지 않았다.

어깨를 으쓱해 보인 그는 뒤로 한 걸음 물러나며 말한다.

"그것은 제가 정할 일이 아닌 듯싶군요."

"그게 무슨 말입니까?"

대결을 회피하려는 듯한 슈미드의 모습에 테루인의 표정이 일그러진다. 자신을 무시한다고 여긴 것이다.

그 표정을 신경 쓰지 않은 채 슈미드가 담담하게 말한다.

"우리 둘이 있다면 상관없겠지만 당사자가 있는 상황이라면 이야기가 달라질 수밖에 없지 않겠습니까? 안 그렇습니까, 유리나 공녀님?"

"……뭐, 유리나?"

슈미드의 말에 화들짝 놀란 테루인이 고개를 돌린다.

그러자 그곳에는 어색한 미소를 짓고 있는 유리나가 서 있었다.

*   *   *

페릴과 이야기를 끝마친 유리나는 슈미드를 찾다 그가 셰드로 공작가 저택으로 향했다는 이야기를 전해 들었다.

그 말을 들은 유리나는 걱정이 되어 곧장 저택으로 귀환하였다.

자신과 슈미드의 관계를 못마땅해하는 셰드로 공작이 무슨 말을 할지 몰라 불안했던 것이다.

저택에 돌아온 그녀는 슈미드가 막 지나쳤다는 이야기를 전해 듣고 쏜살같이 안쪽으로 발걸음을 옮겼다.

그러나 그녀의 발걸음은 오래 이어지지 못했다.

저택에서 멀지 않은 곳에 슈미드와 테루인이 나란히 서 있던 것이다.

'저 인간이 왜 슈린 경하고 같이 있는 거야?'

슈미드만 있었으면 곧장 접근했을 테지만 테루인이 함께 있다는 사실이 그녀를 더욱 불안하게 만들었다.

셰드로 공작과 있는 것이 오히려 편하다는 느낌이 들 정도였으니까.

그만큼 유리나와 테루인은 서로 불편한 사이였다.

'하필이면……'

막강한 권력을 구축하고 싶어 하는 테루인은 여러모로 유리나와 많이 충돌하고는 하였다.

그들이 충돌하는 이유는 바로 혼인 문제였다.

상당한 자금력을 지닌 백작가 영애와 혼인을 치른 테루인은 유리나가 공작가를 위해 정략혼인을 하길 원하고 있었다.

하지만 유리나는 전혀 그럴 생각을 하지 않고 있었다.

그녀는 테루인이 만들어낸 혼담을 번번이 파투냈고, 그로 인해 두 사람의 사이는 점점 멀어지기 시작하였다.

지금에 이르러서는 서로 말도 섞지 않는 사이가 되었는데 하필이면 그 인간이 슈미드와 마주치게 된 것이다.

그와 이야기를 나누면서 이야기의 주제가 자신의 혼인 문제로 넘어오자, 유리나는 바짝 긴장했다. 슈미드가 무슨 말을 할지 두근거렸다.

"좋아하는 것은 사실입니다. 하지만 사랑하는 것은 아닙니다."

"……."

유리나가 직접 듣기에는 더없이 잔인한 말이었다. 그러나 그녀는 그 말이 잔인하다 생각하지 않았다.

아니, 오히려 그 말을 듣고 일말의 감동까지 받고 있었다.

그도 그럴 것이 솔직하게 자신의 감정을 밝힌 그는 자신을 싫어하는 것이 아닌, 오히려 사랑하는 것에 가까운 좋은 감정을 가지고 있던 것이다.

이 얼마나 큰 쾌거란 말인가.

슈미드는 유리나의 접근을 알고 있어 그녀가 내심 포기하길 바라고 한 말이지만 그녀는 그렇게 받아들이지 않았다.

오히려 그가 자신을 좋아한다는 사실에 중점을 둘 뿐이었다.

"솔직히 유리나 공녀님을 볼 때면 흔들릴 때가 많습니
다. 하지만 제게는 사랑하는 여인이 있습니다."

다시 한 번 감동의 도가니로 몰아넣는 말이 아닐 수 없다.

이야기를 듣고 있는 그녀의 얼굴에 붉은 홍조가 떠올랐다.

'슈린 경이 날 그렇게 생각하고 있었구나.'

전혀 감정이 드러나지 않아 어떻게 생각하고 있는지 짐작조
차 가지 않았는데 자신에게 흔들리고 있었다니.

사랑하는 여인이 있다는 말은 귀에 들어오지도 않았다.

그 뒤에 이어진 두 사람의 대화.

테루인의 말에 유리나의 눈이 날카로워지고 있었다.

'저 인간이 정말……'

누구 마음대로 자신을 요르멘 공작가로 시집 보낸단 말인
가!

게다가 슈미드 경에게 매몰차게 거절해달라는 요청까지!

슈미드가 수락하지 않아서 다행이지만 그런 말을 듣고 있자
니 서서히 부아가 치미는 유리나였다.

대화가 이어지면서 자신의 생각대로 진행되지 않기 때문일
까.

실력의 부족함을 알고 있지만 자신의 의지를 보여주겠단다.

그녀의 눈에는 더없이 어리석은 행동으로 보였다.

'그런데 계속 날 공녀님이라 부르네. 다음에는 확실하게 확언을 받아야겠어.'

플로리데의 도움으로 말을 편하게 하기로 했지만 억지로 약속을 받아낸 감이 없지 않아 아직도 자신을 묘하게 어렵게 대하고는 한다.

그 점이 마음에 들지 않는 유리나였다.

다음에 단단히 주의를 주겠다고 결심하던 차에, 슈미드의 목소리가 자신의 귀에 정확하게 꽂혀 들어온다.

"……안 그렇습니까, 유리나 공녀님?"

"네, 네?"

자신을 부르는 소리에 당황한 표정으로 대답을 해버리는 유리나였다.

"유리나, 네가 어떻게?"

테루인은 유리나가 이곳에 있자 적잖게 혼란스러운 눈치였다.

설마 이야기를 엿듣고 있었을 줄이야.

자신의 이야기를 들었을 거라 생각하니 그의 얼굴에 당황의 감정이 그대로 드러났다.

슈미드를 바라보았지만 그는 사람 좋은 미소를 짓고 있을 뿐이었다.

'이제 포기했겠지?'

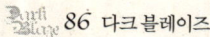

그는 처음부터 유리나가 접근했다는 것을 알고 있었다.

로드의 경지에 오른 그는 일정 반경의 기척을 감지해낼 수 있다. 그렇기에 이제 엑스퍼트의 경지에 도달한 유리나가 아무리 조심한다 하더라도 슈미드를 속이는 것은 불가능했다.

모든 것을 알고 있던 슈미드는 처음부터 그녀 들으라는 식으로 이야기를 했던 것이다.

이제는 포기했을까 싶어 그녀를 바라보던 그의 표정이 묘하게 변하기 시작했다.

자신의 말을 들어 포기했으면 분명 표정이 우중충해야 함이 정상일 텐데 그녀의 표정이 오히려 지나치게 밝았던 것이다.

'내 이야기를 못 들은 건가, 설마?'

그럴 리 없다고 생각하면서도 유리나의 표정을 보면 묘하게 불안한 느낌이 들었다.

설마 이렇게까지 말했는데도 포기하지 않는 것인가.

유리나는 밝은 표정을 지은 채 슈미드에게 정중하게 사과한다.

"본의 아니게 엿듣게 되었어요. 그 부분에 대해선 사과드려요."

그렇게 말한 그녀는 시선을 테루인에게 돌린다.

그에게 고정된 유리나의 표정은 싸늘하였다.

"제가 없는 곳에서 잘도 그런 말을 하시더군요."

"……너를 위한 말이었다."

잠시 침묵하던 테루인이 어렵게 말을 꺼내자 유리나가 단호하게 말한다.

"권력을 위한 게 언제부터 저를 위한 것이 됐죠? 참 웃기는 말이네요."

"큭!"

대놓고 면박을 주는 유리나의 말에 테루인이 표정을 와락 일그러뜨린다.

사이가 좋지 않기는 했지만 서로 경원시하는 정도였는데 지금 자신의 발언으로 인해 돌이킬 수 없을 정도로 틀어진 것을 느낀 것이다.

사이가 안 좋아질수록 손해를 보는 것은 테루인이었지 유리나가 아니었다.

슈미드에게 직설적으로 말했기에 테루인이 무어라 변명을 할 수 있는 처지도 아니었다.

"슈린 경에게 대결 신청을 하던데, 무모해도 이렇게 무모한 행동을 보지 못했어요. 슈린 경이 마음만 먹으면 한 수도 버텨내지 못할 걸 모르고 있나요?"

"뭐라고?"

자신의 실력을 깔보며 말하는 유리나의 말에 발끈하는 테루인이다.

셰드로 공작가의 후계자로서 그는 남에게 뒤처지지 않을 정도로 수련에 수련을 거듭하였다. 언젠가 셰드로 공작의 뒤를 이어 마스터가 되겠다는 야심을 가진 채.

왕국 최고의 검술과 마나 연공법을 익힌 그의 자부심은 상당한 것인데 유리나가 그것을 건드린 것이다.

평소 냉철한 모습을 보이지만 한 번 깨진 평정은 계속해서 균열을 일으키고 있었다.

화가 난 표정에도 불구하고 유리나는 전혀 아랑곳하지 않는다.

오히려 테루인의 심기를 건드는 말만 거듭한다.

"그 대결 신청, 제가 대신 받아들이겠어요. 슈린 경에게 대결 신청한 것이 얼마나 오만한 선택이었는지 제가 알게 해 드리죠."

유리나의 대결 신청.

그것은 가뜩이나 독이 오른 테루인을 자극하기에 충분했다.

"좋다, 그 대결 신청 받아들이도록 하지."

슈미드와 대결하려던 그의 계획이 엉뚱한 방향으로 흐르고 있었다.

대결 신청을 받아들이자 유리나의 시선이 슈미드에게 향한다.

테루인과 이야기할 때 싸늘하게 가라앉은 표정은 온데간데 없이 사라진 채 슈미드를 바라보는 그녀의 표정은 마치 활짝핀 꽃의 아름다움처럼 화사하였다.

"참관해주실 거죠, 슈린 경?"

"……알겠습니다."

두 얼굴의 전형을 보여주는 유리나의 모습에 테루인이 표정을 와락 일그러뜨렸다.

*　　　*　　　*

그들이 향한 곳은 공작가 직계 가족들만 사용할 수 있는 연무장이었다.

참관인은 오로지 슈미드 한 명뿐. 하지만 실력이나 공정성에 있어서 의심할 여지는 존재하지 않는다.

연무장 중앙에는 테루인과 유리나가 마주 보고 있었다.

대련이 아닌 대결이니만큼 두 사람은 진검을 들고 있었다.

테루인이 날카로운 눈으로 유리나를 노려보며 말했다.

"후회하게 해주지."

이 기회를 발판삼아 유리나의 버릇을 고쳐주겠다는 것이 테루인의 생각이다.

물론 얼굴에는 흠집 내지 않을 생각이다.

수많은 혼담이 들어오는 것은 공작가 배경을 제외하고 그녀의 아름다운 외모도 한몫하고 있었으니까.

가볍게 검을 휘두르며 몸을 풀고 있던 유리나가 싱긋 미소를 지었다.

마치 붉은 장미가 피어난 듯한 강렬한 아름다움이었다.

"슈린 경이 있는 이상 부상 염려는 하지 않아도 될 거예요. 그러니 괜히 여자여서 봐줬다는 말이 나오지 않도록 최선을 다하세요."

그녀의 말은 사뭇 도발적이었다.

그 도발이 제대로 먹혀들었는지 테루인의 표정이 싸늘하게 굳는다.

"점점 버릇이 없어지는구나."

"그럼 이참에 버릇 좀 찾아주시겠어요?"

"오냐, 그렇게 해주마."

두 사람의 설전이 점점 심해지자 슈미드가 중간에서 제지했다.

"신경전은 거기까지. 검으로 실력 고하를 가르기 위함이지, 설전을 하기 위한 자리가 아닙니다."

"……"

그의 말에 두 사람이 동시에 침묵한다.

"그럼 대결을 시작하도록 하겠습니다."

슈미드가 본격적인 대결 시작을 선언한다.

테루인은 검을 치켜세운 뒤 날카로운 눈으로 유리나의 빈틈을 훑기 시작하였다.

'이번에 본때를 보여주리라.'

갓 엑스퍼트에 오른 그녀가 엑스퍼트 중급에 오른 자신의 상대가 될 리 없다.

압도적인 자신의 승리를 생각하며 테루인이 자세를 취했다.

왕국 제일 검법이라 불리는 셰드로 공작가의 비전 검술이었다.

검을 세운 테루인과 달리 유리나는 검을 늘어뜨렸다. 마치 검을 쥘 힘이 부족하여 검을 늘어뜨린 듯한 모습이었다.

'빈틈투성이다, 유리나.'

엑스퍼트에 올랐다 하여 대결에 강한 모습을 보이는 것이 아니다.

특히 여성의 경우 피를 보거나 다른 사람을 부상 입히는 걸 무서워하는 경우가 많기에 대결을 할 때 제 실력을 발휘하지 못하는 경우가 많다.

테루인이 자신하는 것도 바로 그것이었다.

유리나의 성격은 전형적인 외강내유.

겉으로 보기에는 한없이 강해 보이지만 실제로는 여느 여인과 다를 바가 없다.

'압도적인 실력으로 찍어 누른다.'

다시는 찍소리 못하게 하겠다는 다짐과 함께 테루인의 검이 움직이기 시작한다.

쐐액!

유쾌하게 허공을 가른 그의 검이 빠른 속도로 유리나에게 쏘아진다.

압도적인 실력으로 몰아치겠다고 다짐한 만큼 그의 검에는 푸른 오러가 맺혀 있었다.

군더더기 없는 깔끔한 한 수였다.

하지만 놀라운 것은 유리나의 대응이었다.

테루인의 검이 그녀에게 도달할 무렵, 늘어뜨린 검이 부르르 떨리기 시작하더니 눈부신 속도로 휘둘러진 것이다.

카앙!

정확한 타이밍과 힘으로 테루인의 검을 위로 튕겨내는 유리나.

자신의 공격이 이렇게 깔끔하게 막힐 줄 몰랐기에 테루인이 놀란 표정을 짓는다.

그러나 놀라운 것은 거기서 끝이 아니었다.

위로 튕겨 나간 테루인의 가슴이 열린 틈을 타 유리나가 한 치의 망설임도 없이 검을 휘두른 것이다.

"후욱!"

그녀의 일격을 보고 놀란 테루인이 숨을 들이쉬며 황급히 검을 회수하여 공격을 막아낸다.

콰과광!

푸른 오러가 서린 두 검이 허공에서 충돌한다.

검을 급히 회수하느라 완벽한 방어 자세를 취하지 못한 테루인의 몸이 비틀거린다.

"우욱!"

정확한 힘과 빠른 속도가 합쳐진 일격이었다.

거기에서 끝난 것이 아니라, 유리나의 공격이 연속적으로 이어지고 있었다.

그녀의 공격은 빠른 속도뿐만 아니라 화려한 변화 또한 담아내고 있었다.

셰드로 공작가 검술에 존재하지 않는 화려함이었다.

"이건……."

눈을 부릅뜬 테루인이 빠르게 검을 휘둘러 유리나의 검을 튕겨내려 했다.

하지만 조금씩 그의 검을 좀먹고 들어오는 유리나의 검은 노련함 그 자체였다.

'믿을 수 없다!'

자신이 이렇게 밀리는 것을 테루인은 믿을 수 없었다.

그녀와 확연한 실력 차이를 알려주기 위해 엑스퍼트 초급에 해당하는 힘만 발휘하고 있었다.

그 정도로도 충분히 그녀를 압도할 자신이 있었던 것이다.

그러나 막상 대결이 시작되고 나니 상황은 전혀 달랐다.

압도하기는커녕 맥을 못 추고 있었다.

한 줄기 남아 있는 자존심으로 버텨보려 했지만 유리나의 공세는 점점 더 매섭게 변하고 있었다.

어처구니없게도 그녀에 비해 검술 숙련도를 비롯하여 노련미 또한 압도적으로 떨어지고 있던 것이다.

더 이상 여유를 부릴 수 있는 상황이 아닌 셈이다.

마침내 테루인의 자존심이 무너지기 시작했다.

이를 꽉 문 테루인이 눈을 부릅뜬 채 유리나를 노려보며 말했다.

"이제부터 전력을 다해주마, 유리나."

그 말과 함께 테루인의 검에 서린 오러가 푸른빛을 띠기 시작하더니, 강렬한 빛이 발산됐다.

엑스퍼트 중급에 도달하여 상급의 경지를 넘보고 있는 그의 전력이 발휘되기 시작한 것이다.

눈부시게 찬란한 푸른빛으로 보아 그의 마나가 놀라울 정도로 정제되어 있다는 것을 알 수 있었다.

검술 숙련도와 노련미에서 밀린다면 압도적인 힘으로 찍어 눌러 주리라.

여자가 지닐 수 있는 힘은 한계가 존재하고 있었으니까.

콰아아앙!

거센 폭음과 함께 유리나의 몸이 뒤로 주르륵 밀려났다.

그녀의 검에 서린 푸른 오러가 눈에 띄게 색을 잃어가고 있었다.

이것은 테루인의 오러가 그녀를 훨씬 압도하고 있다는 것과 같았다.

자신에게 흐름이 돌아왔다는 것을 깨달은 테루인은 강력한 힘을 기반으로 검술을 펼쳐나가기 시작했다.

"끝이다, 유리나."

매섭게 검을 몰아치는 테루인의 검은 폭풍과도 같았다.

그 공격을 막아내며 조금씩 뒤로 밀려나는 유리나.

밀리고 있음에도 불구하고 그녀의 눈에는 절망감이 아닌, 은은한 빛이 감돌고 있었다.

테루인은 그 모습이 마음에 들지 않았다.

이렇게 밀리고 있는 상황에 저렇게 여유를 부리다니.

'매서운 맛을 보여주겠다.'

저 미소마저도 사라지게 만들어주겠다 다짐하며 테루인의 검이 허공을 갈랐다.

콰아앙!

그의 검과 충돌한 유리나가 비틀거리며 뒤로 주춤주춤 물러난다.

그녀의 표정은 한껏 찌푸려져 있었다.

검을 축 늘어뜨리는 그녀를 보며 테루인이 승부를 포기했다 여기고는 입을 열었다.

"이것이 실력 차이다."

자신과 실력 차이를 인식하길 바라며 테루인이 자신만만한 표정을 지어 보였다.

하지만 그의 귀에 들려온 유리나의 중얼거림은 황당함 그 자체였다.

"후우! 역시 약한 힘으로 강한 힘을 제압하는 건 힘드네."

"……?"

의아한 시선으로 바뀐 것을 알아차린 유리나가 입가에 미소 지으며 그에게 말한다.

"이제부터 전력을 다할 테니 알아서 막아보길."

"어디서 말도 안 되는 소리를……."

그렇게 말을 하던 테루인의 입이 굳게 다물어졌다.

유리나의 검이 은은하게 떨리더니 거센 검명을 토하기 시작했던 것이다.

우우웅!

그와 함께 검에 서린 푸른빛이 점점 뒤덮였다.

그것은 점점 색의 농도를 짙게 하더니, 어느 순간 테루인의 오러보다 더욱 선명한 색을 띠기 시작했다.

그것은 틀림없는 엑스퍼트 상급의 오러였다.

테루인의 눈이 왕방울처럼 크게 변했다.

지금 유리나의 검에 생성된 푸른 오러가 믿기지 않았던 것이다.

그녀가 시전한 오러는 한눈에 보아도 상급 엑스퍼트의 오러였다.

자신이 도달하지 못한 영역에 그녀가 도달할 줄이야.

"후우! 갓 오른 경지라 그런지 유지하기가 제법 벅차지만…… 승부를 가르는 데 이상이 없을 것 같네. 이제부터가 진짜니 잘 막아봐."

테루인을 상대로 그녀는 자신의 실력을 시험해보고 있었다.

한 단계 낮은 힘으로 얼마나 더 막아낼 수 있을지, 어느 정도의 위력을 발휘할 수 있는지 시험해보았다.

결과는 썩 만족스럽지 않았지만 약점을 깨달았으니 그것만으로도 족했다.

모든 힘을 발휘하기 시작한 유리나에게 더 이상 힘의 우위는 통하는 것이 아니었다.

근력에 있어서 우위를 점할지 모르나 오러 위력에 있어서 압도적인 차이가 났으니까.

그녀의 매서운 공격에 테루인의 검이 엉키기 시작했고, 불과 십여 합의 공방이 오가기도 전에 검이 튕겨 나가며 테루인의 목 앞에 푸른빛을 머금은 그녀의 검이 놓인다.

완벽한 패배였다.

"……."

믿기지 않는지 테루인이 자신의 목을 겨누고 있는 유리나의 검을 하염없이 바라본다.

"승패는 결정 났어, 인정할 건 인정하도록 해, 오빠."

검을 거두며 유리나가 말한다.

그때까지 아무 말도 하지 않은 채 침묵을 지키고 있던 그가 말한다.

"내, 내가 졌단 말인가?"

"오빠가 인맥을 쌓기 위해 사교 파티 같은 곳이나 들락날락거릴 때 나는 끊임없이 검을 수련했으니까. 부족한 점을 가감 없이 지적해주는 분까지 계시니 날 막을 사람은 없더라고."

그러면서 슈미드를 슬쩍 바라보며 입가에 미소 짓는 유리나였다.

그녀의 설명에도 불구하고 테루인은 넋이 나간 표정이었다.

한눈에 보아도 패배에 대한 충격이 큰 듯싶었다.

볼썽사나운 그의 모습에 유리나가 한숨을 내쉬며 고개를 저었다.

"하아! 가도록 하죠."

"하지만……."

"역경은 스스로 극복하는 거예요. 그토록 얕보던 여동생에게 패했으니 놀라는 건 당연지사. 극복하든 무너지든 그것은 본인의 선택이겠죠. 쉽게 무너지지 않을 사람이긴 하지만."

냉랭한 말이었지만 그 속에는 일말의 정이 담겨 있었다.

유리나의 말에 잠시 머뭇거리던 슈미드가 고개를 끄덕인다.

그녀의 말마따나 스스로 극복해야 할 일이었으니까.

"그런데 왜 이곳에 오신 거죠?"

예기치 않게 테루인과 겨루게 되었지만 정작 슈미드가 무슨 이유로 찾아온 지 모르는 유리나였다.

"공작 전하께 드릴 말씀이 있어서 찾아온 것입니다."

"드릴 말씀이라면……?"

"아, 그건 비밀이라 말씀드릴 수 없습니다. 양해 부탁드리겠습니다."

"그런가요?"

충분히 비밀 같다는 뉘앙스가 느껴졌지만 섭섭한 것은 어쩔 수 없었다.

그렇지만 슈미드가 자신에게 두근거렸다던 것을 떠올리고 섭섭함을 털어내는 유리나였다.

나쁜 것만 생각하다가는 끝도 없을 테니 좋은 것을 생각하는 것이 정신건강에 좋다.

"그럼 제가 안내해 드릴게요."

이렇게 선뜻 호의를 베푸는 유리나의 모습은 부담스럽다.

이미 그녀를 떼어놓기로 마음을 먹었는데 그녀가 이렇게 다가오면 마음이 걷잡을 수 없이 흔들리고는 하니까.

그것이 마치 플로리데를 배신하는 것 같았기에.

그는 혼란스러움을 애써 다잡으며 유리나에게 말한다.

"괜찮을 듯싶습니다."

"괜찮아요, 무언가 대가를 바라는 게 아니니까요."

"그래도 괜찮습니다, 아, 저기 기사가 오는군요. 아무래도 저를 데리러 오는 듯싶습니다. 그럼……."

저쪽에서 빠른 속도로 다가오는 기사를 본 슈미드가 인사말을 남긴 채 그대로 자리를 피한다.

빠른 속도로 멀어지는 그를 보며 유리나는 인상을 찌푸렸다.

기껏 자신이 안내해준다고 말했는데 끝까지 거절하는 슈미드의 모습에 심통이 난 것이다.

"칫! 나도 나름대로 밖에 나가면 인기가 많은데."

가문과 미모 때문에 귀족 청년들이 줄을 서고 있는 실정이었다.

그런 자신이 한 사람에게 이렇게 적극적으로 대시를 하고 있음에도 불구하고 번번이 퇴짜라니.

유리나로서는 자존심이 상하여 이제는 오기가 치밀어 오르는 상황이었다.

"정말 나한테 흔들린다는 게 맞는 거야?"

미소 속에 숨겨진 슈미드의 복잡한 심사를 읽어내지 못한 유리나의 중얼거림이었다.

그녀는 슈미드가 자신에게 흔들렸다는 것이 믿기지 않는 듯했다.

제**4**화
셰드로 공작을 설득하라!

Dark
Blaze

때마침 나온 기사의 안내를 받아 슈미드는 곧장 집무실로
발걸음을 옮겼다.

내심 타이밍이 좋다고 생각한 슈미드는 특별한 절차 없이
곧장 집무실 안으로 들어설 수 있었다.

안에 셰드로 공작이 앉아 있는 것을 본 그가 고개 숙여 인사
했다.

"공작 전하를 뵈옵니다."

"오랜만이군. 자리에 앉도록 하지."

"예."

셰드로 공작이 자리를 권하자 고개를 끄덕인 슈미드가 소파

에 앉는다.

그러자 기다렸다는 듯 하녀가 다과를 내온다.

먹음직한 과자와 차를 내온 하녀가 물러나자, 셰드로 공작이 집무를 보던 의자에서 일어나 슈미드의 맞은편에 앉으며 물었다.

"테루인이 그대를 맞이했다는 이야기를 들었는데 그 녀석이 실례하진 않았겠지?"

다른 사람이 보기에 삐뚤어졌다 말할 정도로 셰드로 공작과 정반대의 성향을 가진 테루인이었다.

전형적인 정계의 귀족이 되어가는 그를 보면 안타까움을 감출 수 없었기에 말을 하는 셰드로 공작의 태도에는 아쉬움이 묻어나오고 있었다.

"실례라…… 딱히 실례를 한 것은 없습니다. 오히려 제가 실례를 했다고 할 수 있겠지요."

"으음! 그 녀석이 조금 고지식한 면이 있지. 그걸 이해해주었으면 좋겠네. 어린 나이에 부모님을 여의고 자라왔거든."

다른 사람이라면 순순히 납득할 만한 문제이리라.

어린 나이에 부모님을 잃었다는 것은 그만큼 큰 상처를 안고 자랐다는 뜻일 테니까.

그러나 슈미드도 어릴 때 부모님을 여의고 누나의 보살핌 속에서 자라왔다.

마찬가지 입장인 그로서는 전혀 이해할 수 없는 말이었다.

"부모님을 여의었다 하여 삐뚤어지게 자라는 것은 아니지 않습니까? 저 또한 어릴 때 부모님을 잃고 자라왔으니까요. 게다가 그런 논리라면 유리나…… 공녀님 또한 그래야 하고 요."

평소라면 특별히 반응을 하지 않았을 테지만 부모님 이야기 였기에 조금은 과격하게 이야기를 하는 슈미드였다.

"흐음, 그럴 수도 있지. 어쨌든 그 녀석이 실례를 범하지 않았다는 것은 다행이군."

슈미드의 말에 그도 부모를 잃었다는 걸 깨닫고 재빨리 인정해버리는 셰드로 공작.

잠시 말문을 닫았던 그가 슈미드에게 물었다.

"그래, 그건 그렇다 치고 무슨 일로 찾아온 거지?"

'그 무거운 엉덩이를 용케 떼고 말이야.'

이 말이 이어져야 했지만 셰드로 공작은 굳이 덧붙이지 않았다.

유리나가 그를 좋아한다는 걸 알고 있었기에 알게 모르게 족쇄가 되고 있던 것이다.

아무리 손녀가 좋아하여 천하의 셰드로 공작이 이렇게 약한 모습을 보이다니.

참 세상 좋아졌다 생각하는 셰드로 공작이었다.

그런 셰드로 공작의 배려를 아는지 모르는지 슈미드가 담담한 어조로 말한다.

"공작 전하께 부탁드릴 게 있어 찾아왔습니다."

"부탁? 부탁이라……."

그럴 거라 짐작은 하고 있었다.

사람을 잘 찾지 않을 그가 자신을 찾았다는 것은 무언가 부탁이 있다는 뜻이었으니까.

그리고 자신에게 찾아와야 할 정도라면 그 부탁이 무척 어려운 것이란 게 바로 짐작되었다.

나이는 괜히 먹는 것이 아니었다.

"무슨 부탁이지?"

"힘을 빌려주십시오."

"힘? 힘이라! 아드리온 공작을 꺾은 네게 나의 힘이 필요하단 말인가?"

말은 그렇게 했지만 슈미드의 부탁이 이해가 되는 셰드로 공작이다.

그 또한 헬카드 제국의 황제가 세 공작을 황궁에 불러들였다는 이야기를 전해 들었던 차였다.

세 명의 로드는 물론이고, 트루덴 백작과 언제 합류할지 모르는 테베로즈 후작, 그리고 오백 명에 가까운 근위기사단까지.

아무리 슈미드라 해도 단신으로 그들을 뚫고 황제에게 벌을 내린다는 것은 불가능에 가까웠다.

더군다나 황제 본인 또한 로드의 일인 아닌가.

쉽게 말해 무려 여섯 명의 로드가 황궁에 상주하고 있다고 보면 되는 것이다.

그야말로 계란으로 바위를 치는 격과도 같았다.

"황궁을 침공하여 적의 초인들을 감당할 인물이 부족합니다."

"그래서 허허! 나에게 도움을 청한 것이로군. 하지만 나 혼자서 돕는다 하여 이길 수 있는 게 아니지."

자신과 슈미드가 합류한다 하더라도 상황은 바뀌지 않는다.

유감스럽지만 자신 또한 로드 한 명을 감당하는 것만으로도 벅차니까.

안 된다는 뉘앙스를 풍기는 그에게 슈미드가 고개를 저으며 힘 있는 어조로 말한다.

"아닙니다, 공작 전하께서 도와주신다면 충분히 승산이 있습니다."

"승산이 있다? 어떤 식으로 승산이 있다는 거지?"

얼마 전이었다면 개소리를 하지 말라 하며 역정을 내 쫓아냈을 것이다.

하지만 그는 불가능에 가깝던 아드리온 공작을 무너뜨린 인물이다.

최소한 이야기를 들어보고 욕설을 날리더라도 늦지 않으리라.

그의 물음에 슈미드가 잠시 호흡을 들이쉬더니 입을 연다.

"현재 황궁에 트루덴 백작이 없는 상황입니다. 아니, 죽어서 사라졌다고 해야 함이 옳겠군요."

"트루덴 백작이 죽었다고?"

천하의 셰드로 공작이라 하여도 놀랄 수밖에 없는 사실이었다.

정면 대결로 마스터를 꺾을 정도인 그가 암살 기교까지 가미하여 습격한다면 누구도 막을 수 없다.

로드 중 상대하기 가장 까다로운 인물 중 하나인 그가 죽었다니 반색할 수밖에.

사실 여부를 묻는 셰드로 공작의 모습에 슈미드가 고개를 끄덕였다.

"그렇습니다. 확실한 정보니 의심하지 않으셔도 됩니다."

"흐음! 그렇다 하더라도 다섯 명의 로드를 어떻게 이긴다는 거지?"

트루덴 백작의 죽음은 반길만한 소식이지만 그렇다 하여도 전력의 열세가 바뀌는 것은 아니다.

그만큼 헬카드 제국의 황궁은 철옹성이었다.

그 말에 슈미드가 미소를 지어 보이며 말한다.

"대등한 전력을 만들었다면 믿으시겠습니까?"

"대등하다고?"

놀란 기색으로 묻자, 슈미드가 고개를 끄덕인다.

"그렇습니다. 공작 전하께서도 아실 것입니다. 레카르밀 공작을 죽인 암흑 왕국의 여제를 말입니다."

셰드로 공작이 그 사실을 모를 리 없다.

암흑 왕국에 여제가 나타났다는 사실은 대륙 전역을 떠들썩하게 만들고 있었다.

그들이 모시는 여제가 마왕이라는 것을 모르는 사람은 거의 없다 해도 과언이 아니었다.

현재 대륙에 마왕이 강림하여 토벌해야 한다는 주장까지 대두되고 있는 실정이었으니까.

다만 주변국들은 마왕이 헬카드 제국과 적대하고 있기에 서로 자멸하길 바라는 마음에 모르는 척 내색하지 않고 있던 것이다.

"알고 있지. 마왕 클로라이네가 강림했다는 것을."

"아드리온 공작가에서 그녀를 만나 타협을 할 수 있었습니다. 황궁 습격에 도움을 주기로 말입니다. 그녀는 그 제안을 수락하였고, 그녀를 비롯하여 마왕의 기사 그렉스와 암흑 기사단이 도움을 주기로 하였습니다."

암흑 기사단이라면 엄청난 전력이 아닐 수 없다.

불과 백 명에 불과하지만 암흑 기사단은 근위기사단 전체와 자웅을 겨룰 수 있는 대륙 최강의 기사단이었고, 마왕의 기사 그렉스는 암흑 왕국 영역에서 힘을 발휘하면 로드조차 꺾을 수 있는 인물로 알려져 있다.

게다가 마왕의 존재까지.

그녀가 전력을 되찾는다면 로드 여러 명을 감당하는 것은 일도 아니었다.

설마 마왕을 설득했으리라고는 생각도 못했기에 셰드로 공작의 얼굴에 놀라움이 서렸다.

"마왕을 설득했다는 이야기인가?"

그의 놀란 표정을 보며 슈미드가 싱긋 미소를 지어 보였다.

"적의 적은 곧 동료 아니겠습니까?"

"그래도 그렇지, 마왕을 믿는다는 것은 어려운 일 아닌가?"

온갖 사악함으로 대변되는 존재가 바로 마왕이다.

그 마왕이 약속을 성실하게 지키리라고는 확신할 수 없었다.

일리가 있는 말이었지만 슈미드는 입가에 미소를 지어 보임으로써 그 의심을 종식시켰다.

"믿어도 됩니다. 오히려 이쪽의 제안을 그쪽이 반기는 분위기니까요. 암흑 왕국에서도 모종의 이유로 황궁을 공략하기가 무척 껄끄러운 상황입니다. 저희가 도움을 준다면 그들은 오히려 반기며 달려들 수밖에 없을 것입니다. 그러니 그 부분에 대해서는 염려하지 않으셔도 됩니다."

"흐흠! 그렇다면 자네까지 총 세 명이니까…… 그래도 두 명이 비는군."

"페릴 상단에 로드를 감당할 수 있는 분이 계십니다."

"로드를 감당할 수 있는 인물이?"

세상에 알려지지 않은 강자가 많다고들 하나 그중 마스터나 로드의 경지까지 도달한 초인들이 존재한다는 것은 생각하기 힘든 사실이다.

그만큼 그들의 무위는 절대적이다.

놀란 표정을 짓는 셰드로 공작에게 슈미드가 말한다.

"그분은 헬카드 제국 황제의 스승 격인 분으로, 황제가 변질된 것에 몹시 분노하고 계십니다. 그리하여 저의 제안을 받아들여 황궁 습격에 도움을 주시기로 했습니다."

굳이 그가 엘리멘탈 프로젝트에 큰 도움을 주었으며, 거울의 종족이라는 사실까지는 밝히지 않았다.

밝혀봤자 좋을 것이 없다는 걸 잘 알고 있었으니까.

"황제의 스승 격이라……. 그가 로드를 상대할 수 있다면 전력이 얼추 갖춰지는군. 허허! 정말 대단해."

자신까지 합세하면 무려 다섯 초인이 함께하게 되는 것이다.

테베로즈 후작이 황궁에 없는 상황이니 습격하여 가장 약체인 글레이드 공작이나 황제만 제거할 수 있다면 황궁을 무너뜨릴 수도 있다.

셰드로 공작에게 구미가 당기는 제안이 아닐 수 없다.

그 기색을 읽은 슈미드가 말한다.

"공작 전하께서 참여하신다면 계획이 성공할 확률은 절반 이상으로 올라갑니다."

"허허, 하지만 내가 참여하지 않을 경우는?"

"그럴 경우…… 사실대로 말씀드리면 성공할 가능성이 거의 없습니다."

그만큼 셰드로 공작의 역할은 중요한 것이다.

그와 더불어 하이엘프 나렌샤의 적절한 도움까지 겸비된다면 승리할 확률인 더욱 높아진다.

변수가 있다면 자미에르 대제가 얼마나 강한 힘을 지녔냐는 것과 그가 합류하는 시기, 그리고 테베로즈 후작의 등장 여부였다.

하지만 그것들 모두 어느 정도 커버가 가능하였기에 슈미드는 자신이 있었다.

이미 셰드로 공작의 마음은 기울어진 상황이었다.

헬카드 제국의 황궁을 무너뜨린다!

그렇게 되면 강대한 힘을 지닌 제국의 제후들이 동요할 것이고, 삽시간에 제국 전체가 내분에 휩싸일 확률이 적지 않았다.

그때 동요를 먼저 감지한 라이오스 왕국이 적극적으로 나선다면?

국경을 마주하고 있는 아르칼 공작령을 무너뜨릴 찬스가 올수도 있다.

그러나 그는 짐짓 아무렇지도 않은 표정을 지은 채 슈미드에게 말한다.

"하지만 내가 얻는 이득도 없지 않은가?"

"이득이라…… 공작 전하께서 제국에 상당한 원한을 갖고 계신 만큼 복수의 기회가 만들어지는 것으로도 충분하다 여겼는데 아닌 것입니까?"

"원한은 갖고 있지만 이 일은 엄연히 다르지. 자네처럼 소속이 없다면 모를까, 일단 라이오스 왕국 소속의 마스터니 말일세."

"……."

그의 말을 들은 슈미드는 셰드로 공작이 무언가 원하는 것이 있다는 걸 알 수 있었다.

그가 참여하기 위해서는 우선 본인의 허락이 있어야 하지만 그다음 넘어야 하는 것이 바로 라이오스 국왕의 허락 여부였다.

국왕의 허락이 떨어져야 참여할 수 있는 건 당연한 얘기다.

하지만 셰드로 공작은 왕국에 있어 영웅과도 같은 존재였기에 로미안 국왕이 특별히 반대하지 않을 것이란 게 그의 생각이었다.

그런데 무난히 설득할 수 있을 거라 생각되던 셰드로 공작이 예상 외로 깐깐하게 나오고 있는 것이다.

그가 노리는 것이 있다는 걸 알아차린 슈미드가 입을 열었다.

"그렇다면 어떤 보답을 원하시는지요?"

슈미드가 가진 것이라고는 몸밖에 없다.

어디 배경도 존재하지 않고, 금전 또한 없으니까.

그저 아드리온 공작가의 반역자로서 제국에 원한을 품고 있는 인물에 불과하였다.

"허허! 보답을 해야겠지. 세상에는 공짜가 없는 법이니까."

허허로운 웃음을 지으며 입을 여는 셰드로 공작.

그런 모습이 오히려 더욱 불안함을 심어주었다.

불같은 성격을 지닌 그가 부드럽게 나오니 그럴 수밖에.

불안한 마음이 들었지만 슈미드는 애써 그 마음을 억누르며 셰드로 공작에게 말했다.

"어떤 걸 바라십니까?"

"바라는 건 특별히 없지만…… 이건 어떤가?"

셰드로 공작이 무언가를 슈미드에게 이야기하기 시작했고, 그 이야기를 들은 그의 눈이 크게 뜨였다.

그 후 슈미드가 무슨 말을 했지만 셰드로 공작은 요지부동이었다.

그의 합류 여부가 너무나 절실하였기에 슈미드는 설득에 설득을 거듭했지만 타협은 불가능했고, 결국 셰드로 공작이 한가지 조항을 덧붙이니 마지못해 허락을 하였다.

어깨를 늘어뜨린 채 집무실을 나서는 슈미드의 뒷모습을 바라보며 셰드로 공작이 입가에 미소를 지었다.

"후후후! 유리나, 기뻐하도록 하여라."

손녀를 위해 마침내 한 건 해냈다는 기쁨이 가득 담겨 있는 득의만면한 미소였다.

* * *

슈미드가 돌아가고 난 뒤, 셰드로 공작은 뒤늦게 테루인과 유리나가 검술 대결을 벌였다는 보고를 전해 들었다.

그 결과 유리나가 승리하였고, 테루인이 패배를 당하여 큰 충격을 받았다는 소식을 듣자, 셰드로 공작은 입가에 가득하던 웃음을 지운 채 손으로 이마를 짚었다.

"맙소사! 이런 일을 벌일 줄이야."

유리나가 테루인을 꺾을 줄 몰랐기에 셰드로 공작이 느낀 놀라움은 큰 것이었다.

테루인은 셰드로 공작가의 후계자로서 뛰어난 두뇌와 장래가 촉망되는 검술 재능을 지닌 청년이었다.

이십대 초반에 엑스퍼트에 올라서고 곧이어 중급의 경지까지 올라선 그는 훗날 마스터를 노려봄 직한 인물이었다.

그런데 그보다 몇 살이나 어리고, 게다가 여성인 유리나에게 패배를 당했다니.

셰드로 공작은 고개를 좌우로 저으며 곧바로 유리나를 호출하였다.

그녀는 담담한 안색을 한 채 셰드로 공작의 호출을 받아들였다.

"부르셨어요, 할아버지?"

"그래, 오늘은 일찍 돌아왔구나?"

평소 페릴 상단에 가서는 저녁쯤에야 돌아오고는 했는데 지금은 아직 저녁이 되지 않은 이른 시간이었다.

셰드로 공작은 그것을 꼬집어 언급하고 있는 것이다.

그 말에 유리나가 고개를 나직이 끄덕였다.

"슈미드 경이 이곳으로 향한다는 말을 듣고 온 거예요. 할아버지가 호통을 치실까 염려가 되었거든요."

그의 입이 벌어진다.

일찍 온 이유가 설마 자신과 관련된 것일 줄 몰랐던 것이다.

"허어! 이 할아비를 그렇게 못 믿는 게냐?"

"그게…… 할아버지를 못 믿는 것이 아니라, 그게 그러니까……"

무어라 둘러대려 해도 정곡을 짚은 셰드로 공작의 말을 모면할 수 없었다.

유리나가 고개를 푹 숙이고 사과했다.

"죄송해요."

"허허! 그럴 수도 있지. 아무래도 네게 못 미더운 모습을 보이기도 했으니까."

그렇게 말을 하는 셰드로 공작의 어조에는 씁쓸함이 묻어 있었다.

그 모습에 유리나는 자신이 못할 짓을 한 것 같아 죄송한 마음에 고개를 깊게 숙였다.

"정말 죄송해요, 할아버지."

"아니다, 그럴 수도 있는 게지. 내가 호통치는 모습을 곧잘 보인 것은 사실이니까. 하지만 그것이 너를 위해서라는 건 알아주렴."

"네……."

왠지 모르게 그 어조가 씁쓸하게 들려 유리나의 목소리도 작아진다.

화제 전환이 필요하다 느낀 셰드로 공작은 유리나를 바라보며 입을 열었다.

"테루인과 대결했다 들었다."

"네. 대결을 했어요."

화제가 전환되자 유리나가 기다렸다는 듯 고개를 끄덕이며 대답한다.

그러자 셰드로 공작이 표정을 굳히며 유리나에게 말했다.

"그런데 네가 꺾었다고 하더구나."

"그 부분에 대해서는 저도 할 말이 많아요."

셰드로 공작의 말에 위축되지 않은 채 대답할 수 있던 것은 둘 사이에 있던 대화를 들었기에 그렇다.

할 이야기가 많다는 그녀의 말에 셰드로 공작이 반응을 하였다.

"많다고?"

"슈린 경과 오빠 사이에 이것저것 이야기가 오고 갔으니까요."

"이야기라…… 무슨 이야기지?"

공작가의 정보망을 장악하고 있다 하나 두 사람의 사소한 대화마저 알아내는 것은 불가능하였다.

그 물음에 유리나는 잠시 머뭇거리다 입을 열었다.

"테루인 오빠는 슈린 경에게 물었어요. 저에 대해 어떤 감정을 가지고 있냐고요."

"호오…… 그래서?"

테루인이 그 부분에 대해 물어보았다는 말을 듣자 셰드로 공작이 눈을 빛낸다.

그가 유리나의 혼처를 곧잘 구해오곤 한다는 것을 그도 잘 알고 있었으니까.

눈을 빛내며 묻는 셰드로 공작의 모습에 탄력을 받은 유리나가 말한다.

"거기에서 슈린 경은 확실하게 대답을 했어요. 사랑하는 사람이 있지만 저에게 마음이 흔들리고 있다고요."

그 순간이 떠올랐기 때문일까.

그리 감동스러운 장면이 아님에도 불구하고 유리나의 눈에 감동이 퍼져 나간다.

얼마나 사랑을 받지 못했으면 흔들린다는 말 하나만으로 저런 반응을 보일 수 있을까.

'안쓰럽군.'

셰드로 공작은 수많은 귀족 청년들의 구애를 받던 유리나가
이렇게 변했다는 사실에 씁쓸한 마음을 감출 수 없었다.

하지만 그것을 굳이 내색하지 않은 채 그녀의 말에 귀를 기
울인다.

"그런데 그 마음이 확실하지 않다고 하자 테루인 오빠는 슈
린 경에게 제 마음을 매몰차게 말해달라 요구했어요."

"흐음!"

슈미드가 매몰차게 거절해야 유리나가 마음을 접을 테니 그
랬으리라.

그리고 마음을 접고 흔들리는 상황을 이용하여 적절한 혼처
를 물어 충동질을 한다면 유리나는 충분히 넘어갈 여인이었으
니까.

계속해보라는 듯 고개를 끄덕여 보이자 그녀가 말을 이어나
간다.

"슈린 경은 테루인 오빠의 말을 거절했어요."

"어째서?"

유리나에게 마음이 없다면 거절하는 것이 최선이다.

그런데 거절하지 않았다는 말은 이해가 되지 않았다.

셰드로 공작의 물음에 유리나가 답한다.

"슈린 경은 테루인 오빠에게 물어보았어요. 그것이 저를 위

한 것이냐고. 그러자 테루인 오빠는 저를 위한 것이 아닌, 가문을 위한 것이라 대답했어요. 그래서 슈린 경이 거절을 한 거예요."

"그건 제대로 되었구나."

자신도 모르게 고개를 끄덕이는 셰드로 공작이다.

그의 반응에 힘입어 유리나가 말을 이어나갔다.

"테루인 오빠가 거절하면 되지 않느냐 말하자, 슈린 경은 제가 자신을 좋아하는 만큼, 제가 행복할 수 있는 상대가 아니라면 도와줄 수 없다 했어요. 그러자 테루인 오빠는 과도한 참견이라면서 대결 신청을 하였고, 제가 거기에 끼어들게 된 거예요."

"대결이라…… 테루인 녀석이 머리에 피가 덜 말랐군."

그 말이 나올 수밖에 없는 상황이다.

엑스퍼트 중급에 불과한 주제에 로드를 꺾은 슈미드에게 도전을 하다니.

손자가 아니었으면 그 무모함에 욕을 했을지도 모른다.

순간 치밀어 오른 욕지기를 억누른 셰드로 공작이 고개를 끄덕였다.

그녀의 이야기를 듣고 나니 전반적인 상황이 이해가 되었다.

"그래서 대결을 네가 대신하게 되었군?"

"맞아요."

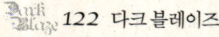

"그래서 대결은 너의 승리로 끝이 났고?"

유리나가 고개를 끄덕이며 자신의 생각을 털어놓기 시작하였다.

"솔직히 테루인 오빠가 엑스퍼트 중급이라고 해도 힘을 제외한 모든 면에서 저보다 한 수 아래였어요. 검술의 응용도, 실전에 대한 자세, 마음가짐, 무엇보다 경지마저도 말이죠."

"경지까지? 흐음! 그러고 보니 엑스퍼트 상급에 올랐구나! 허어!"

그녀가 동급의 경지로서 테루인을 꺾었으리라 생각하던 셰드로 공작은 놀라울 정도로 안정된 그녀의 기세를 발견하고는 감탄사를 터뜨렸다.

설마 이십대 초반의 나이로 엑스퍼트 상급의 경지를 돌파할 줄 몰랐던 것이다.

이렇게 눈부신 성장을 이루다니, 경악할 수밖에 없었다.

"대단하구나, 대단해."

감탄을 터뜨리는 셰드로 공작의 칭찬에 유리나가 수줍게 웃었다.

"가르치는 사람이 훌륭하니 저도 발전할 수밖에요."

"허허허!"

뭘 칭찬해도 전부 슈미드와 연결되자 허탈한 웃음을 흘린다.

"그가 잘 가르치는가 보구나?"

은근슬쩍 묻자, 유리나가 고개를 끄덕이며 찬사를 늘어놓기 시작한다.

"슈린 경은 사람을 가르치는데 천부적인 재능을 가지고 있어요. 제가 이렇게 단기간에 엑스퍼트 상급에 오른 게 그 증거죠."

"확실히, 가르치는데 재능을 가진 사람이 있기도 하지. 그럼 테루인을 꺾을 때 전력을 다한 것도 아니겠구나?"

잠시 고개를 갸웃하던 유리나가 자세한 설명을 곁들인다.

"전력은 다했어요. 상급 엑스퍼트의 힘을 보여주어 기를 꺾어버린 채 압도적인 힘을 발휘했거든요. 모든 실력을 발휘했냐고 하면 그건 아니지만요."

"대단하구나, 대단해."

이 년 만에 모든 것을 뒤집어버린 그녀의 성취는 전무후무한 것에 가까웠다.

감탄하는 셰드로 공작의 모습에 유리나는 그저 미소를 지어 보일 뿐이었다.

"하지만 테루인을 그렇게 무참하게 꺾은 것은 네 잘못이 존재한다, 유리나."

테루인은 셰드로 공작가 후계자로서 프라이드가 상당한 만큼 깨지기 쉬운 마음을 가지고 있다.

자칫 좌절하여 무너지면 두 번 다시 일어나지 못할 수도 있다.

"솔직히 그렇게 약한 마음을 가지고 있다면 할아버지의 후계자로 적합하지 않다 생각해요. 적어도 저를 그렇게 마음대로 하려 한다면 실력을 갖춰야 하지 않겠어요?"

놀라울 정도로 냉정한 말.

상인인 페릴과 함께 지내다 보니 유리나는 날로 이성적이고 냉정하게 변해가고 있었다.

상인 특유의 과단성도 은연중 닮아가고 있었고.

셰드로 공작은 그런 변화가 나쁘지 않다 생각했다.

"맞는 말이다. 공작가를 이끌기 위해서는 그래야겠지. 여기서 꺾이고 일어서지 못한다면 테루인은 공작가를 이을 자격이 없다. 유리나, 네 행동에 대해 무어라 할 생각은 아니었으니 안심하라."

"전 할아버지를 믿고 있는 걸요."

미소 지으며 말하는 유리나의 모습에 셰드로 공작이 어깨를 으쓱하며 말한다.

"그런 네게 줄 선물을 준비했다."

"선물이라고요? 갑자기 무슨 선물을……."

자신이 딱히 잘한 것도 없는데 선물을 주겠다고 하자 어안이 벙벙한 표정을 지어 보이는 유리나였다.

그 모습에 미소를 띤 셰드로 공작이 말한다.

"이 선물이 네게 좋을 것임을 확신한다."

그렇게 말한 채 정작 그 내용을 언급하지 않자, 유리나는 애가 닳아 그를 재촉한다.

"뭔데요? 궁금해요, 빨리 말해주세요."

귀여운 모습으로 자신을 재촉하자, 셰드로 공작은 못 이기는 척 입을 연다.

"그 녀석의 부탁을 하나 들어주기로 했다."

"슈린 경의 부탁을요?"

"그래, 그리고 보답으로 한 가지를 받기로 했지."

무엇을 주었으면 그에 합당한 대가를 받는 것은 기본적인 도리였다.

슈미드가 셰드로 공작에게 할 부탁이라면 분명 만만치 않은 것임이 분명할 것이다.

부탁의 크기가 큰 만큼 보답하는 것도 커야 할 테고.

유리나의 눈이 부푼 기대감으로 반짝이기 시작한다.

그 모습에 셰드로 공작이 입가에 미소를 지으며 말했다.

"보답으로 받는 것은 바로 그 녀석의 결정이다."

"예?"

한순간 이해가 되지 않아 의아한 표정으로 되묻는 유리나였다.

"그 녀석의 결정 말이다."

"무슨 뜻인지 모르겠어요."

자신에게 좋은 것이라 말하더니 이해할 수 없는 말만 반복한다.

괜히 기대한 것 같아 유리나가 축 늘어지는 기색을 보이자, 그제야 셰드로 공작이 부연 설명을 덧붙인다.

"넌 그 녀석을 좋아하지 않느냐?"

"네. 물론 좋아해요."

자신의 감정을 숨기지 않는 유리나.

대답하는 그녀의 모습에 눈치는 왜 그렇게 느린지 눈살을 찌푸린 셰드로 공작이 말한다.

"그 녀석의 부탁을 들어주는 대신 나는 이것을 요구하였다. 나의 귀중한 손녀 유리나에게 기회를 줄 수 없겠냐고."

제법 자세한 설명이 곁들어지자 무슨 내용인지 대충 짐작이 가기 시작했다.

유리나의 얼굴에 다시 기대감이 서리기 시작한다.

"기, 기회라면……."

"그래. 바로 그 녀석의 부인이 될 수 있는 기회 말이다. 하지만 그 녀석은 사랑하는 사람이 있다고 하여 완강하게 거부하더군."

"그렇죠. 사랑하는 사람이 있죠. 저는 눈에 들어오지 않을 정도로 깊게 빠져 있는……."

플로리데의 모습을 떠올린 유리나가 축 처지기 시작한다.

자신을 압도하는 미모와 상냥한 마음씨를 지닌 그녀를 이길 자신이 없었다.

실망하는 듯한 그녀의 모습에 셰드로 공작이 말을 덧붙였다.

"그래서 부탁의 방향을 바꿔봤다. 능력 있는 사내가 여러 여자를 거느리는 것은 문제가 되지 않는 법! 분하지만 한발 물러설 수밖에. 너도 좋고, 그 녀석이 사랑한다는 여인도 괜찮다면 널 받아들이는 것으로 타협을 보게 되었다."

"……."

사람은 믿기지 않는 사실을 듣게 되면 환호하는 것이 아닌 잠시 멍한 표정을 짓게 된다.

그것은 유리나에게 그대로 적용되었다.

셰드로 공작의 말을 들은 유리나는 한동안 아무 말도 하지 못한 채 어안이 벙벙한 표정만 짓고 있었다.

그러다 차츰 정신을 차리며 더듬더듬 입을 열기 시작한다.

"그, 그 말은…… 그러니까…… 나, 나를 받아준다는 말인가요?"

"너도 좋고, 그 녀석이 사랑하는 여인도 좋다고 승낙하는 조건 하에 말이다."

그것은 전혀 문제가 되지 않는다.

플로리데가 자신에게 한 말이 있지 않은가! 그렇게 슈미드가 좋으면 그의 곁에 있어도 된다고. 셰드로 공작은 모르겠지만 이미 그것은 승낙을 받을 필요도 없는 일이었다.

유리나의 얼굴에 환희가 번져나가기 시작하며 그대로 셰드로 공작을 덥석 껴안고 외친다.

"꺄아! 할아버지! 정말 고마워요! 정말, 정말 고마워요!"

어쩌다 보니 팔십이 넘었지만 여전히 정정한 체구를 지니고 있는 셰드로 공작의 품에 안긴 꼴이 되었다.

'허허, 어느새 이렇게 커버렸구나. 사랑도 알 나이가 되었고.'

자신에게 안기는 손녀의 모습을 보며 언제나 작은 꼬마 아이일 것 같은 유리나가 이렇게 컸다는 생각에 그녀를 꼬옥 안아주었다.

한편으로는 이렇게 아름답고 귀여운 손녀를 그 능글맞은 녀석에게 줘야 한다는 생각이 들자 질투의 감정이 불쑥 솟아났다.

'뭐, 그래도. 사위가 되면 합법적으로 부려 먹을 것은 많아지겠지. 흐흐, 각오해라.'

벌써부터 손녀를 빼앗아 간 도둑놈에게 복수할 계획을 세우는 셰드로 공작이었다.

자신이 사랑하는 사람을 괴롭힐 기회를 노리는 셰드로 공작의 엉큼한 속내를 모른 채 유리나는 그의 품에 안겨 있었다.

모든 일을 해결해준 할아버지에게 한없이 감사한 마음을 가진 채.

*   *   *

셰드로 공작이 수락했다고 해서 모든 일이 끝난 것은 아니었다.

아직 로미안 국왕을 설득해야 할 일이 남아 있던 것이다.

유리나와 맛있는 저녁 만찬을 즐긴 셰드로 공작은 곧장 왕궁에 입궁하여 로미안 국왕을 찾았다.

"국왕 전하를 뵈옵니다."

정중하게 예를 취하는 셰드로 공작을 바라보던 로미안 국왕이 고개를 끄덕이며 인사를 받는다.

"어서 오십시오, 셰드로 공작. 갑자기 무슨 일로 찾아온 것입니까?"

사실 이제부터 시작이다.

슈미드는 자신을 설득하는 것으로 모든 게 끝날 것이라 생각했겠지만 그것은 전혀 아니었다.

십 년 전쟁으로 헬카드 제국의 무서움을 겪은 로미안 국왕이었기에 무척 신중하며 모험보다는 안전함을 지향한다.

왕국의 마스터이자, 기사들의 정신적 지주인 자신이 헬카드 제국으로 가겠다는 것을 반대할 것이 분명했다.

'받은 만큼 돌려줘야겠지.'

그의 결정으로 유리나가 크게 기뻐한 만큼 이제 자신의 의지를 보여주어야 할 때라 생각하며 셰드로 공작이 로미안 국왕에게 말했다.

"국왕 전하께 부탁드릴 것이 있어 찾아뵙게 되었습니다."

"부탁이라? 셰드로 공작이 부족한 게 뭐가 있다고 짐에게 부탁한단 말이오?"

당장 마음만 먹으면 국왕과 대등한 권력을 쥘 수 있는 인물
이 셰드로 공작이었다.

뿐만 아니라 왕국의 마스터인 요르멘 공작은 셰드로 공작의 절
친한 후배였고, 프로에일 후작에게는 스승과도 같은 존재다.

또한 십 년 전쟁을 겪으며 영웅 타이틀을 획득했기에 그의
이름이 주는 여파는 대단하다.

원한다면 모든 것을 얻을 수 있는 위치에 서 있는 그가 무엇
을 바라기에 자신에게 부탁을 한단 말인가.

로미안 국왕은 호기심이 자극되는 걸 느끼며 셰드로 공작에
게 물었다.

머릿속으로 먼저 할 말을 정리한 셰드로 공작이 입을 열었다.

"헬카드 제국을 무너뜨릴 방법을 찾았습니다, 국왕 전하."

그가 로미안 국왕을 설득하기 위해 택한 방법은 강력한 미
끼를 내놓는 것이었다.

헬카드 제국의 힘을 두려워한다면 그들이 사라지는 것이 가
장 바람직하다.

그럴 수 있다는 것을 말함으로써 그의 마음을 끌어내는 것
이다.

아니나 다를까, 먹음직한 미끼를 풀어놓자 로미안 국왕의
안색이 급변하기 시작한다.

"그게 무슨 말입니까, 셰드로 공작!"

"말 그대로입니다. 헬카드 제국을 무너뜨릴 수 있는 계획이 있습니다."

헬카드 제국을 무너뜨릴 수 있는 계획이라니.

너무나 거창하여 머리가 마비되는 느낌이었다.

정보부를 적극적으로 가동하여 헬카드 제국의 힘을 수시로 체크하는 만큼 그들이 지닌 힘이 얼마나 대단한지 잘 알고 있는 로미안 국왕이다.

이미 십 년 전쟁을 치르던 당시의 헬카드 제국과 지금의 헬카드 제국은 차원을 달리한다.

엘리멘탈 프로젝트의 수혜를 받은 뛰어난 기사들과 마법 전력이 넘쳐나고 있었으며, 실전을 거친 정예병이 날카롭게 병장기를 벼려놓고 있었다.

제국을 제외한 대륙의 모든 국가가 연합한다고 해도 승리를 장담할 수 없을 정도였다.

다만 그들이 외부로 시선을 돌리지 않는 것은 오대 공작이 첨예하게 대치 상태를 이루고 있어서 그럴 뿐.

그 구도를 슈미드가 등장하여 깨버렸다.

그가 글레이드 공작을 격퇴하고 아드리온 공작을 죽인 만큼 헬카드 제국 내의 상황은 걷잡을 수 없을 정도로 먹구름이 껴 있었다.

제국의 황제인 자미에르 대제는 이 상황을 이용하여 더욱 막강한 권력의 기반을 다지고 있었다.

자칫 잘못하면 거대한 헬카드 제국의 힘이 하나로 통일될 수 있다.

동부 정규군도 아닌, 영주들이 군대를 모아 출진한 군대에 클라레스 공국, 카늘 마법왕국, 라이오스 왕국 삼국이 힘을 모아야 했다.

상황이 이런데 그들이 전력을 다하여 공세를 펼치면 어느 정도일지 감히 상상도 하기 힘들다.

"어떻게 헬카드 제국을 무너뜨린단 말입니까?"

믿기지가 않으면서 한편으로는 은근한 기대를 품고 묻는 로미안 국왕.

말도 안 된다고 생각하면서 셰드로 공작이라면 가능할 것이란 생각이 들기도 하였다.

어렵고 힘들 때 자신 있게 믿을 수 있는 인물이 셰드로 공작 아니던가.

"그 계획은……."

셰드로 공작은 아드리온 공작가에서 만난 암흑 왕국 여제와의 밀약부터 시작해 황제의 스승이라는 인물, 그리고 분산되어 있는 헬카드 제국의 전력에 대해서 상세히 설명하기 시작한다.

"흐음!"

구체적인 계획을 들을수록 로미안 국왕의 표정은 밝아지기보다 미약하게 일그러지며 생각에 잠겨 든다.

슈미드가 세웠다는 계획에 대해 그 나름대로 검토를 해보는 것이다.

그리고 셰드로 공작이 무엇을 부탁하고자 하는지 알 수 있었다.

그가 움직이기 위해서는 자신의 결정이 필요할 테니 수락해 주길 바라는 마음에 말한 것이리라.

"성공 가능성은 어느 정도로 생각하고 있습니까?"

생각에 잠겨 있던 로미안 국왕은 자신의 의견을 말하지 않은 채 셰드로 공작의 생각을 물었다.

그 물음에 셰드로 공작은 잠시 침묵하다 입을 열었다.

"반반입니다. 테베로즈 후작이 황궁에 있을 경우 난전이 될 경우가 있습니다. 하지만 아군 측에 마왕이 있고 배신을 하지 않는다면 성공 가능성은 더욱 높아질 것입니다."

"마왕, 마왕……."

마왕이 강림하면 대륙 전체가 벌벌 떨던 시대가 있었다.

당시 인간이 대륙을 차지하고 있는 비중은 3분의 1도 되지 않았고, 전 대륙을 통틀어 마스터의 숫자는 불과 세 명도 되지 않았으니.

하지만 지금은 마왕의 강림조차도 하나의 전략으로 이용할 정도로 인간의 힘이 강해진 것이다.

장족의 발전이 아닐 수 없다.

"마왕이 배신하지 않을 것이라 확신합니까?"

온갖 사악함의 대명사가 바로 마왕이다.

그 존재를 신뢰한다는 것 자체가 넌센스다.

하나하나 확실한 것을 좋아하는 로미안 국왕은 마왕의 존재 자체가 염려스러운 듯싶었다.

"그 부분은…… 슈미드 녀석을 믿을 수밖에 없지 않겠습니까? 마지막 복수가 달린 문제인 만큼 허튼소리는 하지 않을 것이라 생각합니다."

확신을 갖고 자신에게 말하던 모습이 떠오른다.

마왕이 절대 배신할 수 없는 이유와 더불어 황궁을 무너뜨릴 수 있는 가능성에 대한 이야기까지.

능글맞은 녀석이기에 싫은 소리를 많이 하지만 기본적으로 인간 됨됨이는 믿고 있었기에 셰드로 공작은 과감하게 제안을 수락한 것이다.

유리나를 위한 면도 분명 존재하고 있었지만 그 나름대로 계산이 섰기에 결정을 내릴 수 있었다.

"하지만 그의 말만 믿고 셰드로 공작을 내줄 수 없는 일입니다."

"음!"

예상대로 부정적인 대답이 나오자 셰드로 공작의 입에서 신음이 흘러나온다.

신뢰를 주지 않는 마왕의 존재가 발목을 붙잡은 셈이다.

그로서는 입맛이 쓸 수밖에 없었다.

"하지만 전하……."

"……이렇게 말해도 셰드로 공작은 짐을 설득하려 들겠지요. 안 그렇습니까?"

설득하기 위해 막 말문을 떼려던 찰나, 셰드로 공작에게 기습적으로 말을 건네는 로미안 국왕.

그 모습에 셰드로 공작은 한순간 멍한 표정을 짓더니 고개를 끄덕인다.

그의 말은 사실이었으니까.

로미안 국왕은 셰드로 공작을 바라보며 말한다.

"불안한 점이 많습니다. 게다가 펠리오네가 요즘 우울한 표정을 짓고 있는 걸 보면 관계 진전에 있어 좋지 않은 일이 있는 듯하고요. 개인적으로 슈미드 경은 반드시 붙잡고 싶은 인재입니다. 그의 모든 복수가 끝났을 때 본국에 귀화할 가능성이 높으니 이번만큼은 과감해져야겠다는 생각이 드는군요. 셰드로 공작의 합류를 허락합니다. 반드시 헬카드 제국의 황궁을 함락시키고 황제를 베길 바랍니다."

신중한 로미안 국왕답지 않은 결정이었다. 하지만 그는 지금이야말로 도박의 순간이라는 것을 느끼고 있었다.

헬카드 제국을 무너뜨려 자국의 안전을 얻느냐, 아니면 영웅 셰드로 공작을 잃느냐.

얻는 것도, 잃는 것도 큰 도박이었지만 로미안 국왕은 단호하게 결정했다.

이미 셰드로 공작은 마음속으로 결정을 내린 상황이었으니까.

자신이 반대한다 해서 그의 의지를 꺾을 수 없다는 걸 누구보다 잘 알고 있다.

이런 믿음을 저버릴 수 없는 노릇이다.

셰드로 공작이 고개를 깊게 숙이며 외쳤다.

"믿어주십시오, 국왕 전하. 반드시 헬카드 제국의 황제를 베도록 하겠습니다."

도박의 순간, 로미안 국왕은 과감하게 셰드로 공작의 의견을 지지해주었다.

'카늘 마법왕국의 동태가 심상치 않은 만큼 헬카드 제국의 힘을 줄여놓아야 한다.'

정보부가 극비리에 진행하고 있는 프로젝트.

그로 인해 현재 여력을 카늘 마법왕국 쪽으로 돌리고 있기에 무슨 수를 써서라도 헬카드 제국의 여력을 줄여놓아야 한다.

때마침 슈미드의 계획이 들려왔고, 그것은 로미안 국왕으로 하여금 결정을 내릴 수 있게 하였다.

그 결정은 모디악이 그린 밑그림의 완성을 뜻하고 있었다.

제**5**화
전야

Dark
Blaze

셰드로 공작을 설득하는 데 성공한 슈미드는 저택으로 돌아온 뒤 곧장 모디악과 카벨을 불러들였다.

모디악의 지략과 카벨의 정보가 합쳐지면 완벽에 가까운 계획이 만들어진다.

"셰드로 공작 전하께서 참전하시겠다 의견을 밝히셨습니다."

"희소식이로군요."

"일단 한고비 넘겼다 할 수 있겠지요."

셰드로 공작의 참전 여부는 중요한 것이었다.

로드 일인을 막을 수 있느냐 없느냐에 따라 상황이 달라질 테니까.

마왕과 마왕의 기사, 암흑 기사단이 있으나 그들이 순순히 협력한다는 것을 확신할 수 없는 만큼 셰드로 공작의 협력은 반드시 필요한 것이었다.

슈미드는 그것을 확실하게 받아낸 것이고.

"공작 전하가 도와주신다고 했으니 계획의 성공률은 올라간 것이겠지요?"

"황궁의 전력이 어느 정도냐에 따라 다르다 할 수 있습니다."

그러면서 정보를 바라는 듯 카벨을 바라보자, 그가 황궁에 대한 구체적인 전력을 언급하기 시작했다.

"현재 황도에는 일만 명의 수비군을 비롯하여, 외성을 지키는 황도기사단 삼백 명이 있으며, 황궁은 근위병 일천과 근위기사단 삼백 명이 지키고 있습니다."

근위기사단의 숫자는 유동적이라 할 수 있다.

평소 다른 곳에 차출되었다가 언제든지 복귀할 수 있는 시스템을 구축하고 있었기에 그들의 총인원은 천 명에 가깝지만 각지에 파견 나가 있기에 그 숫자에 미치지 못한다.

본래 황궁을 지키고 있는 근위기사단의 숫자는 대략 오백.

자미에르 대제가 근위기사단장 테베로즈 후작과 근위기사단 삼백을 아드리온 공작가로 파견한 상황이었다.

전력에 공백이 생긴 틈을 세 공작을 소환하여 채우고, 각지에 파견나간 근위기사들을 불러들임으로써 빈틈을 채우고 있었다.

지금은 삼백이라 했지만 조만간 그 숫자는 오백을 채우리라.

"로드의 숫자는 어떻게 됩니까?"

"로드는 총 네 명이 존재한다 할 수 있습니다. 트루덴 백작까지 다섯이라 생각했지만 슈린 경의 말에 의하면 트루덴 백작은 없는 셈이니, 황제를 비롯하여 아르칼 공작, 데미안 공작, 글레이드 공작이 상주하고 있습니다."

전력의 공백이 생겨서 채워 넣은 전력은 기존의 것보다 더욱 강력한 것이었다.

아르칼 공작만 하여도 제국 최강의 검술을 지닌 검호라 불리는 인물이었고, 데미안 공작은 북부의 강자로서 오대 공작 중 가장 신비에 휩싸인 인물이니까.

로드 중 최약체로 불리지만 글레이드 공작 또한 제 몫을 할 수 있는 인물이었다.

"네 명이라…… 근위기사단은 암흑기사단이 감당할 수 있지만 문제는 황제니까……."

"황제는 누구 하나 혼자 감당할 수 있는 존재가 아닙니다."

슈미드에게서 첸이 황제에게 패배당했다는 이야기를 전해 들은 카벨이다.

첸은 인간들에게 거의 알려지지 않은 거울의 종족 출신.

달리 도플갱어라 칭하면 더욱 편하게 알아차릴 수 있는 그는 드래곤조차 피할 정도로 강대한 무위를 소유한 인물이었다.

그가 패했다는 것은 황제의 힘이 드래곤에 근접했다는 뜻.

로드가 아무리 강하다 하여도 홀로 황제를 감당하는 것은 불가능하다는 결론에 이른다.

"황제는 마왕이 감당할 것입니다. 암흑 왕국의 여제가 그를 습격할 것이고, 마왕의 기사와 암흑기사단이 근위기사단을 공략할 것입니다. 저와 첸 님, 그리고 셰드로 공작 전하가 세 공작을 상대하면 될 듯싶군요."

"세 로드도 결코 만만치 않습니다."

글레이드 공작을 제외한 두 공작의 실력은 구체적으로 알려져 있지 않았으니까.

특히 아르칼 공작과 데미안 공작은 소수계 정령 능력자였기에 어떠한 힘을 지니고 있는지 전혀 알려져 있지 않았다.

원소계가 아닌 만큼 정령화라는 단계도 독특하게 소화해냈을 확률이 높았다.

"가장 문제가 되는 건 테베로즈 후작의 합류 여부라 할 수 있겠군요. 그가 어느 시점에 합류하느냐에 따라 전세가 달라질 수 있을 테니까요."

그렇게 말해도 슈미드는 대수롭지 않게 생각했다.

로드의 자존심이 워낙 높아 합공 같은 것은 하려 들지 않으려는 걸 잘 알고 있었으니까.

일대일이라면 능히 그들을 감당할 자신이 있었기에 슈미드는 그 맹점을 파고들 계획이었다.

"테베로즈 후작은 곧바로 합류할 가능성이 높습니다. 하지만 그는 근위기사단장이기에 무엇보다 황제를 보호하고자 할 가능성이 농후합니다."

그렇게 되면 마왕의 기사 그렉스와 테베로즈 후작이 맞대결할 가능성이 높다.

혹시 모를 변수가 있을 테지만 로드의 자존심을 이용하면 승산은 존재한다.

저들은 이쪽이 습격 준비를 하고 있을 것을 모르고 있을 테니까.

황도에 진입하여 황궁으로 가기까지 과정이 험난할 테지만 그것만 극복한다면 분명 승산은 있었다.

"다만 문제는 황제가 얼마나 강한 무위를 지니고 있느냐입니다."

그렇게 말을 한 카벨의 표정이 다소 어두워진다.

십 년 전쟁에서 단 한 번 신위를 발휘한 게 전부인 황제의 실력이 어느 정도일지 상상이 가지 않았던 것이다.

막연히 그가 제일 위험할 것이라 생각했지만 설마 드래곤과 맞먹는 힘을 지니고 있을 줄이야.

단 한 마리만으로도 왕국을 멸망시키고도 남을 드래곤과 맞먹는 무위라면 로드의 경지조차 넘어섰을 확률이 농후하였다.

슈미드는 입가에 미소를 지으며 카벨의 걱정을 달래준다.

"그렇게 따지면 마왕도 드래곤보다 강합니다. 그녀를 믿는 수밖에요."

"그것도 그렇군요."

드래곤보다 위협적인 존재가 마왕인 만큼 해볼 만한 전투였다.

클로라이네에게 황제를 맡긴다고 했지만 슈미드는 전혀 걱정하지 않았다.

첸의 말을 들어보면 그들이 쉽게 꺾이지 않을 것이란 걸 잘 알고 있었으니까.

'정령이 된 황제와 마왕의 대결이라…….'

최대한 이쪽 상황을 빠르게 정리한 후, 저들의 전투에 난입한다.

황제도 복수의 대상이지만 카엘라의 몸을 차지하고 있는 클로라이네 또한 복수를 해야 할 존재였다.

'어차피 마왕도 대륙에 불필요한 존재.'

첸에게 들었던 유일한 가능성.

그 가능성을 실험하여 기회가 생기면 손속에 자비를 베풀겠지만 그것이 실패하면 그녀의 목숨을 자신의 손으로 거두는 것이 좋으리라.

이미 모디악에게 개괄적인 계획을 들었기에 이야기는 오래

가지 않았다.

카벨의 정보와 비교하여 작전의 성공률을 높이는 것뿐.

정보와 계획을 맞춰보며 성공 확률을 높이기 위해 이런저런 방법을 고안하던 세 사람의 대화는 밤늦게까지 이어지고 있었다.

*　　　*　　　*

밤늦게 회의가 끝나고 자신의 방으로 돌아가려던 슈미드는 창 너머에 보이는 광경을 보고 멈칫했다.

"저건……."

창으로 보이는 곳은 공개 연무장이었는데, 그곳에 한 사람이 검을 휘두르고 있었다.

설마 이렇게 늦은 시간까지 수련을 할 줄 몰랐기에 슈미드의 발걸음이 자연스럽게 그곳으로 향한다.

부웅! 붕!

대기를 가르는 소리와 함께 무시무시한 기세가 휘몰아친다.

살갗을 베일 듯한 예기가 검 끝에 발산되어 보는 사람의 가슴을 서늘하게 만든다.

"후우!"

한 차례 검술을 펼친 그가 작게 숨을 몰아쉰다.

그 모습을 지켜보고 있던 슈미드가 박수를 친다.

짝짝짝.

갑자기 들려오는 박수 소리에 화들짝 놀라는 청년의 정체는 바로 클란이었다.

아무 기척도 흘리지 않은 채 근접 거리에서 박수 소리가 들려오자 반사적으로 경계 태세를 취하던 그의 눈에 미소 짓고 있는 청년이 들어온다.

"아니?! 주군……."

"정말 대단한 검술이었습니다. 기존의 것보다 위력이 더욱 강력해진 것처럼 느껴지는데, 변형을 시킨 것입니까?"

"그렇습니다. 전장에서 얻은 깨달음을 접목시켜 제게 맞게 실전형으로 만들어봤습니다."

검 끝에서 나오는 예기에 살기가 배어 있어 그럴 것이라 생각했다.

전쟁을 겪으며 강해진 클란은 실전 검술과 아르미드 가문의 검술을 조화시키기 시작했다.

무척 어려운 작업이었지만 용병 출신 자칼과 함께 검을 수련하며 고민에 고민을 거듭한 끝에, 마침내 자신만의 검술을 창안할 수 있었다.

거창하게 새로운 검술이라고 말할 수 있는 수준은 아니었지만 그만이 지닌 검술인 것은 분명했다.

"괜찮더군요. 클란 경에게 아주 부합하는 검술인 듯싶었습니다."

"감사합니다, 주군. 하지만 아직 많은 면에서 부족합니다."

대략의 형태는 완성했지만 그것의 빈틈들을 없애지 못했다. 클란이 염려하는 것은 바로 그것이었다.

새로운 검술을 창안하는 것은 무척 어려운 일이었기에 자신만의 오의를 가미해야 하는데, 아직 그 수준에 도달하지 못했던 것이다.

"부족한 부분은 채우면 되는 것 아니겠습니까?"

그러면서 슈미드가 연무장 위로 올라온다.

의아한 시선을 한 클란이 슈미드를 바라보자, 빙긋 미소를 지은 그가 말한다.

"제가 그 부분을 채워 드리도록 하겠습니다."

"하지만 바쁘실 텐데……."

그가 여태까지 무언가 회의를 하고 있었다는 걸 알았기에 클란이 머뭇거린다.

자신을 배려하는 그 모습에 슈미드는 진한 웃음을 지은 채 말한다.

"이런 기회는 쉽게 안 옵니다?"

그 말을 듣는 순간 클란은 마음을 굳히고는 검을 들어 보였다.

"그럼 한 수 부탁드리도록 하겠습니다."

파아앗!

슈미드의 손에 다크 블레이드가 생성되기 시작하였다.

두 사람의 대결은 지도 형식으로 이루어졌다.

상급 엑스퍼트에 올랐지만 클란은 실전적인 면과 아드미드 가문의 검술 특징을 제대로 조화시키지 못하고 있었다.

그전에는 검술의 형에 얽매이는 형식이었다면 전쟁을 겪은 뒤 그의 검술은 철저하게 실전 위주로 개편되어 있었다.

그는 자신의 문제점을 깨닫고 두 장점을 조화시키고자 노력하고 있었다.

하지만 상급 엑스퍼트의 수준으로 검술을 창안한다는 것은 무척 어려운 일이었다.

그가 이루어낸 것은 아르미드 가문의 검술을 자신에 맞게 개량하고, 실전적인 검로를 그려내는 것이었다.

매서운 기세를 머금은 그의 검이 연신 허공을 갈랐다.

그에 반해 슈미드의 검은 빠르지도, 느리지도 않게 움직였다.

현란한 움직임을 바탕으로 하던 그의 검술에는 점점 변화가 사라지고 있었고, 속도 또한 느려지고 있었다.

그렇게 되면 상대하기 쉬워야 하지만 클란은 어느 순간 그의 검술을 막아낼 수 없다는 것을 느끼고 있었다.

두 눈으로 검이 접근하는 것을 똑똑히 목격하고 있음에도 불구하고 막을 수가 없던 것이다.

예기가 서지 않은 다크 블레이드로 쿡 찌를 때마다 클란은 자신의 목숨이 하나씩 사라진다는 것을 느낄 수 있었다.

전쟁을 겪은 뒤 자신의 실력도 발전하여 크게 빈틈이 없을 것이라 생각했지만 대련을 하고 십 분도 되지 않아 그는 자신의 실력이 아직 한참 미치지 못한다는 것을 깨달았다.

삼십여 분만에 대련이 끝나고, 클란은 허탈한 웃음을 흘릴 수밖에 없었다.

"하하하!"

무려 예순다섯 번이다.

슈미드에게 자신의 목숨을 잃을 뻔한 기회를 예순다섯 번이나 내준 것이다.

내심 검술에 자신하던 것이 산산조각 나버렸다.

한동안 웃음을 터뜨리던 클란이 고개를 저으며 자신의 패배를 시인했다.

"완패입니다."

허탈한 웃음을 짓는 그를 바라보며 슈미드가 조언을 하기 시작하였다.

"클란 경의 검술은 상당한 수준에 올라 있지만 두 가지가 아직 조화되지 않고 있습니다. 그것은 클란 경의 이해가 부족한 것이 아니라, 접점을 짚어줄 사람의 것이 없어서 그런 것입니다. 왜냐하면 그 접점의 경지는 마스터나 로드의 경지에 도달한 자가 봐야 볼 수 있는 것이기에 그렇습니다."

"그렇군요."

자신의 역량으로는 더 이상 진보하기 힘들다는 것을 종종 느끼고 있었다.

그만큼 검술을 창안한다는 것이 만만치 않았으니까.

그는 정중하게 고개를 숙이며 슈미드에게 조언을 구했다.

"가르침을 주시겠습니까?"

"물론입니다."

그러면서 슈미드는 자신이 느꼈던 점에 대해 설명하고, 클란의 질문에 답해주며 단점을 보완해나가기 시작했다.

그의 설명을 듣는 클란의 눈이 빛을 머금기 시작하였다.

실전 검술과 명문 검술의 완벽한 조화.

그것을 해내고, 한계를 뛰어넘으면 로드의 경지가 열린다는 슈미드의 말을 들은 것이다.

로드의 경지에 오르면 검이 필요 없어지는 경지에 도달하게 된다.

자세히 풀어 이야기를 하는 슈미드를 보며 클란은 자신만의 체계를 정립해나가기 시작했다.

그렇게 그의 설명을 들으며 자신의 것으로 소화하는 데 성공한 클란이 입을 연다.

"부탁드릴 것이 있습니다, 주군."

"말씀하십시오."

클란의 기색이 심상치 않다는 것을 느낀 슈미드가 말해보라는 듯 눈짓을 하자, 그는 잠시 입을 닫았다가 묵직한 목소리로 말한다.

"자세한 것은 모르지만 주군께서는 헬카드 제국에 복수를 하려고 합니다. 그리고 일차 목표가 아드리온 공작이며, 이차 목표가 황제라는 것을 전 알고 있습니다."

"……."

무슨 이야기를 하려는 걸까.

조용히 경청하는 슈미드를 바라보며 클란은 자신의 할 말을 하였다.

"저를 포함시켜주십시오."

"……제 복수에 말입니까?"

"예! 카엘라 경은 저에게 씻을 수 없는 은혜를 베풀어주신 분입니다. 그분의 복수를 하는데 제가 일조할 수 있다면 그보다 더 영광된 일은 없을 것입니다. 허락해주십시오."

고개를 숙이는 클란.

결코 물러서려는 기색이 보이지 않는다.

그 모습을 확인한 순간 슈미드는 자신이 실수했다는 것을 깨닫는다.

'내가 안일했군.'

슈미드가 복수행에 클란을 동참하지 않았던 것은 그가 아직 실력이 부족해서 그렇다.

처음 그를 보았을 때 그의 경지는 이제 막 엑스퍼트 초급에서 중급으로 넘어가는 중간의 경지였다.

오대 공작가에서 거느린 기사들만 하여도 클란보다 강한 이가 수천 명 정도 된다.

한마디로 그는 큰 도움이 되지 않는다는 것이었다.

그렇기에 실력을 기르라는 의미에서 클라레스 공국 전쟁에 포함시켰고, 결과적으로 그는 수많은 실전을 겪으며 상급 엑스퍼트에 올라섰다.

짧은 시간이 흐른 지금, 그는 또다시 한 꺼풀 경지를 벗어던지려 하고 있었다.

하지만 그것으로도 부족하다 느끼는 것이 슈미드의 생각이었다.

잔인하지만 그는 클란에게 자신의 생각을 그대로 들려준다.

"하지만 클란 경은 아직 실력이 뒷받침되지 않습니다."

로드의 경지에 도달한 초인들과 어릴 때부터 철저한 엘리트 교육을 받은 근위기사단이 도사리고 있는 황궁이다.

그곳에 클란을 데려간다면 그는 무사하지 못할 확률이 농후하였다.

"그건……."

자신의 부족함을 알고 있기에 클란은 무어라 말을 하지 못한다.

슈미드가 상대할 적은 상상을 초월할 정도로 강하다는 것을 그도 잘 알고 있었으니까.

"그래도 참전하고 싶습니다."

"죽을 수도 있는데 말입니까?"

잔인한 슈미드의 말.

그는 클란의 말을 부인하고자 하는 것이 아니었다.

단지 그에게 현실을 인지시켜주는 것뿐이었다.

"그 부분은 극복할 자신이 있습니다. 이 위기를 극복할 수 있다면 저는 더욱 강해질 수 있습니다. 믿어주십시오."

자신 있게 말하지만 살 수 있을 확률보다 죽을 확률이 더욱 높다.

그렇다고 하여 물러나려는 기색을 보이지 않는 클란.

슈미드로서는 고민이 되는 대목이 아닐 수 없었다.

잠시 생각에 잠기는 슈미드.

그 모습을 클란은 초조하게 바라본다.

어떻게든 카엘라의 복수에 일조하고 싶었지만 자신의 실력이 너무 부족하였다.

"보름입니다."

"⋯⋯?"

된다, 안 된다 두 갈래 대답을 기대하던 클란의 고개가 갸웃하게 만들어지는 말이었다.

이해하지 못한 듯한 모습에 슈미드가 말한다.

"보름 뒤 작전을 수행하기 위해 움직일 것입니다. 그렇다면 보름 후까지 최상급 엑스퍼트의 경지에 도달하면 클란 경을 데려가겠습니다."

말도 안 되는 요구였다.

보름 후에 최상급 엑스퍼트의 경지에 오르라니.

로드의 경지에 오르기 전 존재하는 고비인 최상급의 경지는 엑스퍼트 경지 최강이라는 말처럼 엑스퍼트에게 있어 절대적인 힘을 발휘하는 존재들이었다.

"음!"

너무나 어려운 요구에 클란의 입에서 절로 신음이 흘러나온다.

그 모습을 바라보며 슈미드가 묻는다.

"해보겠습니까?"

"하겠습니다."

대답에 망설임은 없다.

적어도 최상급 엑스퍼트에 들어야 한 팔 거들 수 있지 않겠는가.

클란은 새로운 목표가 설정되는 걸 느끼며 고개를 끄덕였다.

'까짓 거, 보름 동안 죽기 살기로 경지를 높여보겠다고.'

하겠다는 그의 모습에 슈미드는 피식 웃음을 짓고는 고개를 끄덕였다.

"기대하겠습니다. 클란 경은 어리석지 않으니 급하게 하여 쓸데없는 우를 범하지 않으리라 믿습니다."

"믿어주십시오."

"믿도록 하겠습니다."

슈미드와의 대련에서 깨달음을 얻은 클란.

그가 보름 후 어떻게 될지 그것은 보름 뒤에 알게 되리라.

*   *   *

클란과 대화를 나눈 다음 날이었다.

아침 일찍 일어난 슈미드는 자신의 실력을 가다듬는 데 여념이 없었다.

최종 결전이 얼마 남지 않은 시점이었으니까.

어둠에 잠식당한 이후 자신이 동일한 힘으로 어떻게 더욱 강해질 수 있는지 어렴풋이 깨달은 슈미드는 하루가 다르게 어둠의 힘을 자신의 것으로 만들어나가고 있었다.

육체적인 수련을 꾸준히 병행하며 명상으로 실력을 늘려나가는 그의 진전은 놀라울 정도였다.

그렇게 오전 수련을 끝마친 그가 페릴과 함께 점심 식사를 하려고 나서던 무렵, 손님을 맞이하게 되었다.

그를 찾은 것은 바로 자칼과 딘이었다.

"무슨 일이지?"

두 청년의 방문에 슈미드가 의아한 표정을 지으며 묻는다.

"그것이……."

그 물음에 딘은 머뭇거리는 모습을 보였지만 자칼이 한 치의 망설임도 없이 슈미드에게 말했다.

"저도 데려가 주십시오."

"뭐라고?"

무슨 말인지 이해가 되지 않아 순간 의문을 표하는 슈미드.

그러자 자칼은 굳은 의지가 담긴 얼굴로 슈미드에게 다시 말한다.

"얼마 후 작전에 나가실 것이란 이야기를 들었습니다."

"아아."

그 말을 듣는 순간 슈미드는 자칼이 무슨 연유로 찾아왔는 지 알 수 있었다.

고개를 살짝 끄덕인 그는 자칼을 바라보며 물었다.

"클란 경에게 들었나?"

자칼이 여전히 굳은 얼굴로 고개를 끄덕였다.

"예. 클란 경과 매일 대련을 하는데 당분간 대련이 불가능 하다 하시더군요. 그래서 연유를 묻다 알게 되었습니다."

"클란 경이 쓸데없는 말을 했군."

혀를 차는 슈미드를 바라보며 자칼이 표정을 풀지 않은 채 말한다.

"제가 우겨서 그렇게 된 거니 클란 경에게는 잘못이 없습니 다. 잘못은 제게 있으니 질책하려면 저를 질책해주시길……."

그러면서 고개를 숙이는 자칼의 모습은 당당함 그 자체였 다.

물러섬 없는 그의 모습에 슈미드는 고개를 젓는 수밖에 없었다.

"클란 경을 질책한 말을 한 것은 너희들이 굳이 알 필요가 없어서 그렇다. 그것이 무엇을 뜻하는지 알고 있겠지?"

자칼을 데려갈 생각이 없다는 말이었다.

그 뜻을 모를 자칼이 아니었지만 알아듣지 못한 척 말한다.

"큰 은혜를 입었기에 그것을 갚아야 한다 생각합니다."

"굳이 목숨을 걸 필요는 없다."

그답지 않게 냉랭한 어조로 말한다.

자칼은 떠오르는 신예로서 앞날이 무궁무진하다.

더욱 발전할 가능성이 있는 그를 사지로 데려갈 생각은 없었다.

클란 같은 경우 카엘라와 연관이 있기에 그와 같은 조치를 취했지만 자칼은 경우가 달랐다.

슈미드가 딘을 바라보며 물었다.

"딘, 너도 같은 생각이냐?"

"그, 그게 그러니까…… 그, 그렇습니다."

머뭇거리던 딘은 자칼의 매서운 눈길을 마주하게 되자 잠시 멈칫하더니 고개를 끄덕인다.

하지만 한눈에 보아도 그는 갈 생각이 없다는 것을 알 수 있었다.

딘은 자칼에게 억지로 끌려왔다고 생각한 슈미드는 자칼에게 시선을 고정하여 말한다.

"자칼, 큰 은혜를 입었다고 생각하면 페릴 상단을 위해 일을 하면 된다."

"은혜는 충분히 갚고 있습니다. 저 말고 리엔 또한 은혜를 갚고 있으니까요. 상단의 은혜가 크지만 그에 못지않게 큰 것이 바로 마스터의 은혜입니다."

그는 자신에게 힘을 주었다.

어리지만 자존심이 강하고, 슈미드를 진심으로 따르는 자칼은 엑스퍼트에 오른 자신의 미약한 힘이나마 그를 위해 쓰고 싶었다.

그 말에도 불구하고 슈미드는 고개를 가로젓고 있었다.

자칼이 무어라 말을 하려 하자, 슈미드가 먼저 입을 연다.

"그 의지는 가상하긴 하지만 무엇보다……."

말끝을 흐리는 슈미드.

자칼은 그 시선을 피하지 않은 채 당당히 마주한다.

기개가 상당하다는 것을 한눈에 보아도 알 수 있었다.

더욱 성장할 수 있을 것이란 생각에 슈미드는 입가에 미소를 머금더니 강한 어조로 말한다.

"실력이 부족해!"

콰콰콰콰!

그 말을 끝으로 강렬한 기세가 발산되며 자칼의 내부를 뒤흔들기 시작하였다.

"……!"

자신의 몸을 점거해나가는 슈미드의 기운에 자칼이 화들짝 놀란 표정을 지으며 대항하려 한다.

허나, 그의 실력과 슈미드의 실력 차이는 그야말로 현격함 그 자체.

순식간에 육체의 자유를 잃어버린 그는 슈미드의 기세에 점거당한다.

"크으……."

옆에 서 있던 딘은 의아한 시선으로 신음을 흘리는 자칼을 바라본다.

슈미드는 딘에게 전혀 기세를 발산하지 않은 채, 오로지 자칼에게만 기세를 집중하고 있던 것이다.

잠시 후, 자칼의 몸을 구속하던 기세를 흩어버린 슈미드가 그를 바라보며 말한다.

"추후 향할 곳은 이런 공격이 가능한 자들이 최소 세 명 이상 존재한다. 뿐만 아니라 엑스퍼트 상급에 도달한 실력자들이 오백 명 가까이 존재하지. 자칼, 눈부신 성장을 이룬 너를 죽음의 장소에 끌어들일 수 없다."

"……."

너무나 현격한 실력 차이를 경험했기 때문일까.

자칼은 아무 말도 하지 못한 채 입술을 지그시 깨문다.

그 모습을 바라보며 슈미드는 입가에 지은 미소를 더욱 짙게 띤다.

"분하면 실력을 키워라. 나의 복수가 실패하면 그것을 네게 부탁하도록 하겠다. 분에 넘칠 정도로 거대한 적을 만드는 일이지만 나의 복수를 이어줄 수 있겠느냐?"

지금은 실력이 부족하여 데려갈 수 없다는 이야기였다.

하지만 오 년 후, 십 년 후 상황은 같아질까?

아니다, 자신은 더욱더 강해질 것이고 충분히 한몫을 해낼 수 있을 것이다.

지금의 자신은 도움이 되기는커녕 짐만 될 뿐이란 걸 자각한 자칼이 슈미드의 말에 승복한다.

"그렇게 하도록 하겠습니다."

이것이 자신이 할 수 있는 최선의 선택이리라.

굳은 어조로 다짐하는 자칼의 모습에 슈미드는 마음 한구석이 놓이는 걸 느꼈다.

자신이 실패하더라도 자칼이 뒤를 맡아줄 것이란 생각이 들었으니까.

나이는 어리지만 그는 믿음직한 인물이었다.

분위기가 한결 풀어지는 듯하자, 침묵하고 있던 딘이 나서며 말한다.

"마스터, 제게도 맡겨주세요. 마스터의 첫 번째 제자인 제가 두 번째 제자보다 훨씬 든든하게 복수를 해 드리겠어요."

첫 번째 제자라는 것에 강한 악센트를 주며 말하는 딘의 모습에 슈미드는 피식 미소를 지었다.

"그래. 딘, 너도 눈부신 발전을 하고 있으니 도와준다면 좋
겠지."

"미래의 로그 마스터니까요. 저돌적인 사제보다 훨씬 도움
이 될 것이라 생각해요."

"누가 너의 사제라는 거지?"

눈썹을 꿈틀한 자칼이 딘을 노려보았지만 익숙한 듯 눈을
마주하며 어깨를 으쓱한다.

"그건 본인이 더 잘 알 거라 생각하는데."

"……."

투덕거리는 두 청년을 보며 슈미드는 입가에 미소를 지을
수 있었다.

저 두 사람이 힘을 합친다면 자신이 실패하더라도 확실하게
뒤를 맡기는 것이란 생각이 들었으니까.

슈미드의 입가에는 모처럼 진심이 담긴 미소가 걸려 있었
다.

*   *   *

"아이…… 어떻게 하지."

유리나는 무려 삼 일 동안 페릴 상단 저택에 가지 못하고 있
었다.

슈미드에게 동의를 받아낸 것을 전해 들은 이후, 묘한 부끄러움이 들어 차마 그를 볼 자신이 없었던 것이다.

그토록 바라던 결과였지만 막상 이뤄내자 유리나에게는 기쁨과 비슷하게 부끄러운 감정이 생겨났다.

그렇게 저택에 머물고 있자, 셰드로 공작이 유리나를 공작 전용 연무장으로 초대한다.

전혀 예상하지 못한 초대였기에 유리나는 눈을 휘둥그레 뜬 채 셰드로 공작을 바라본다.

"할아버지, 요즘 수련하시는 건가요?"

언제나 집무를 보던 셰드로 공작이었기에 그가 수련하는 모습이 무척 어색하게 느껴지는 유리나였다.

"허허, 요즘 몸을 풀지 않아서 말이다."

"하기야, 꾸준히 하지 않으면 실력은 줄어드니까요."

높은 경지에 도달하기 위해서 반드시 필요한 것이 반복 수련이다.

자신의 실력을 끊임없이 가다듬지 않으면 실력은 줄어들 수밖에 없다.

유리나는 무언가 의아한 마음이 들었지만 셰드로 공작의 말을 크게 의심하지 않았다.

"그런데 갑자기 무슨 일로 절 부르신 거예요?"

이곳 연무장은 유리나도 함부로 들어설 수 없는 연무장이었다.

셰드로 공작만 사용할 수 있으며, 그의 허가를 받은 직계 후손들만 들어설 수 있으니까.

오랜만에 와보니 조금 분위기가 생소하기도 하였다.

의아한 표정을 짓는 유리나를 바라보며 셰드로 공작이 말한다.

"네게 보여줄 것이 있어서 그렇다."

"제게요?"

심상치 않은 기운이 휘몰아치고 있었기에 유리나도 덩달아 긴장하며 셰드로 공작을 바라본다.

"그래."

스르릉!

고개를 나직이 끄덕인 셰드로 공작이 서서히 검을 뽑아든다.

갈무리 된 예기가 느껴지는 듯하여 유리나는 자신도 모르게 한 걸음 뒤로 물러선다.

그 모습을 확인한 셰드로 공작의 눈이 빛난다.

"방금 전 예기를 느꼈느냐?"

"네. 순간 가슴이 서늘해지면서 베일 수도 있다는 느낌을 받았어요."

워낙 찰나였기에 한 걸음 물러섰지만 그 예기의 여파에서 완전히 벗어나지는 못한 유리나였다.

"그러면 되었다. 지금부터 네게 보여줄 테니 눈을 크게 뜨고 잘 보도록 하여라."

"네."

유리나가 고개를 끄덕이자 셰드로 공작은 신중한 안색으로 서서히 검을 휘두르기 시작한다.

그것은 셰드로 공작가의 비전 검술이었다.

부웅! 붕!

빠르고 날카로운 셰드로 공작의 검이 허공을 매섭게 가르기 시작한다.

필요하지 않은 순간은 느릿하게 움직이며 한순간 가속하는 셰드로 공작의 검은 누구도 막아내지 못할 것처럼 느껴졌다.

'할아버지의 검술은 너무나 대단해.'

자신이 저 검을 막는다 생각해보니 채 세 번도 막아내지 못할 것 같다는 느낌을 받는 유리나였다.

그만큼 셰드로 공작의 검술은 대단한 수준에 이르러 있었다.

츠츠츠!

차츰 푸른색 오러가 서리기 시작하며 허공을 가르는 셰드로 공작의 검.

검술이 펼쳐질수록 그의 검에 서린 오러가 더욱 짙은 색을 띠기 시작한다.

마침내 비전 부분을 펼칠 때, 그의 입에서 기합이 터져 나왔다.

"하압!"

쓰쓰쓰!

그와 함께 솟아나는 푸른색 오러 블레이드.

"와아……."

탄성을 터뜨리며 유리나는 오러 블레이드를 홀린 듯 바라본다.

그의 검에 생성된 오러 블레이드는 모든 기사들의 꿈이라 알려진 마스터의 전유물이었으니까.

오러 블레이드가 대기를 어그러뜨리고, 공간의 균열을 일으키며 매섭게 움직였다.

시간이 지날수록 유리나의 눈은 몽롱하게 풀려 갔다.

단순한 궤적 하나에 숨겨진 수많은 변화와 파괴력이 그녀의 몸에 생생하게 느껴졌던 것이다.

잠시 후, 셰드로 공작의 검술 시범이 끝났다.

축 늘어진 그의 검에는 오러 블레이드가 사라져 있었다.

셰드로 공작이 유리나를 바라보며 입을 열었다.

"내가 왜 네게 검술을 보여준 것인지 알고 있느냐?"

"……."

알지 못했기에 유리나는 말을 하지 않았다.

그의 말마따나 갑자기 자신에게 비전 검술을 보여주는 셰드로 공작의 의도가 궁금했다.

답을 구하듯 유리나가 바라보자, 셰드로 공작이 말한다.

"네가 비전 검술을 이어주길 바라는 마음에 보여준 것이다."

"네에?"

동그랗게 뜨인 유리나의 눈에는 놀라움이 역력했다.

셰드로 공작의 말은 곧 자신에게 모든 것을 물려주겠다는 말과 비슷한 맥락의 것이었던 것이다.

놀란 그녀의 반응에 셰드로 공작은 잠시 입을 다물었다가 열었다.

"공작의 작위를 물려주겠다는 게 아니다. 여성의 몸으로 작위를 잇는 것은 무척 어려운 일이니까."

여자가 작위를 물려받는 것은 불가능한 일이 아니다.

하지만 라이오스 왕국은 남성 위주 국가였기에 여자의 몸으로 작위를 잇기 위해서는 까다로운 절차를 거쳐야 한다.

더군다나 셰드로 공작가의 후계자는 테루인으로 확정이 된 상태였고.

다만 비전 검술을 유리나에게 전수하겠다고 한 것이다.

여전히 놀란 표정을 지은 유리나는 셰드로 공작을 바라보며 입을 열었다.

"왜 제게……"

"테루인이 비전 검술을 완성하려면 적어도 삼십 년 이상의 세월이 걸릴 거라고 느꼈기 때문이다."

테루인의 재능도 나쁘지 않다.

아니, 오히려 셰드로 공작의 재능을 물려받아 또래에서 뛰어난 성취를 이루었다.

그러나 유리나는 그런 테루인을 꺾고 눈부신 성장을 거듭하고 있다.

여성의 몸으로 마스터에 오를지도 모르는 유리나인 것이다.

본래 비전 검술은 테루인에게만 전수해야 하는 것인데 그것을 유리나에게도 전수한다는 이야기였다.

그녀로서는 갑작스럽기도 하였고, 할아버지가 왜 이런 행동을 보이는지 의아하기도 하였다.

"네게 전수하려는 이유는 조만간 임무를 받아 떠나야 하기 때문이다."

"……그게 무슨 말이죠?"

떠난다는 셰드로 공작의 말에 유리나가 의아한 기색으로 묻는다.

도대체 무슨 일 때문에 떠난단 말인가.

"내가 그 녀석과 거래를 한 것을 알고 있을 것이다."

"네."

유리나가 그것을 모를 리 없다.

그로 인해 자신이 허락을 받았다고 전해 들었으니까.

고개를 끄덕이는 유리나를 바라보며 셰드로 공작이 말한다.

"그 약속이 바로 조만간 떠난다는 것이다."

"무슨 일 때문에 떠나시는 건지 물어봐도 될까요?"

그녀의 물음에 셰드로 공작은 잠시 침묵하였다.

중대한 사안인 만큼 그녀에게 말을 하는 것이 어떤 여파를 끼칠지 고민이 되었던 것이다.

그러다 슈미드와 관련된 일이니만큼 말해주는 것이 낫다 판단하여 그녀에게 말하기 시작했다.

"……이 할아비는 슈미드 그 녀석과 함께 헬카드 제국의 황궁을 습격할 것이다."

"네? 네에에?"

셰드로 공작의 말에 놀란 듯 외치는 유리나였다.

그녀의 안색은 핏기가 싸악 가시기 시작했다.

제**6**화
준비 완료

Dark Blaze

유리나의 얼굴은 창백하기 그지없었다.

지금 세드로 공작에게 전해 들은 말은 그야말로 충격 그 자체였던 것이다.

헬카드 제국의 황궁 습격!

대륙 제일의 국력을 자랑하는 헬카드 제국의 황궁이다.

그곳에 운집되어 있는 전력은 대륙 최강이라 해도 과언이 아닐 정도로 대단한 수준의 것이다.

그녀 또한 제법 정보를 전달받고 있는 처지여서, 현재 황궁에는 세 공작이 상주하고 있다는 것을 알고 있다.

그런데 황궁을 습격하겠다니!

근위기사단장 테베로즈 후작만 있어도 함락하기 어려운 제국의 심장을 습격하겠다고 말한 것이다.

"어, 어째서 황궁에 가시려는 건데요?"

물어보는 유리나의 안색은 창백하기 그지없었다.

그 모습을 바라보는 셰드로 공작은 마음이 아파져 오는 것을 느꼈지만 어쩔 수 없는 일이다.

헬카드 제국을 무너뜨리기 위해서는 지금이 최고의 기회라 여기고 있었으니까.

또한 유리나를 위해서라도 이제 와서 마음을 돌릴 수 없는 노릇이다.

"그 녀석과 약속을 했기에 그렇다."

"그렇다면 슈미드…… 슈린 경도 황궁을 습격한다는 이야기 인가요?"

불안함이 깃든 유리나의 물음.

하지만 잔인하게도 셰드로 공작은 망설임 없이 고개를 끄덕인다.

"그 녀석의 최종 목표가 황제에게 복수하는 것이니까."

"황제……."

알고는 있다.

허나 막상 그 이야기를 들으니 유리나는 앞이 깜깜해지는 것을 느꼈다.

무사히 돌아올 수 없을 거란 생각이 머릿속을 맴돌고 있었다.

그 걱정을 모를 유리나가 아니었기에 셰드로 공작은 웃음을 지으며 말한다.

"걱정하지 않아도 된다. 그 녀석 목숨이 위험하면 이 할아비가 목숨을 바쳐서라도 구해낼 테니."

"그런 말씀 마세요. 할아버지도 무사히 돌아오셔야죠."

순간 할아버지보다 슈미드의 안위에 중점을 두고 있던 유리나는 부끄러움을 느껴야만 했다.

할아버지는 자신을 이렇게 생각해주는데 자신은 이기적인 모습만 보이다니.

미안하고 죄송한 마음에 유리나는 몸 둘 바를 몰랐다.

그녀의 반응이 재미있었는지 셰드로 공작이 미소를 지었다.

"허허! 말이 그렇다는 거다. 혹시 그런 상황이 벌어지면 그 녀석이 내게 은혜를 입었다는 생각에 네게 더 잘할 수도 있지 않겠느냐? 그러니 걱정하지 않아도 된다."

"꼭, 꼭 무사히 돌아오셔야 해요."

자신을 위해 그 제안을 받아들였다는 생각에 유리나는 감출 수 없는 고마움을 느끼고 있었다.

그 모습에 셰드로 공작은 입가에 미소를 지으며 고개를 끄덕이고 있었다.

*　　　*　　　*

"하아, 하아⋯⋯."

플로리데의 안색은 새하얗게 탈색되어 있었다.

원래 새하얀 얼굴이었지만 지금 그녀의 얼굴은 핏기 하나 존재하지 않고 있어 마치 인형 같아 보였다.

황궁에 돌아오고 얼마 지나지 않아 플로리데의 건강이 극도로 악화되기 시작했다.

라이오스 왕국에 머물 때만 해도 건강했지만 지금은 몸 하나 제대로 가누지 못할 정도로 무기력한 상태였다.

그녀가 머무는 백색 궁에 설치된 마법진이 그녀의 빛의 원천을 뒤흔들어놓고 있는 상황이기에 그렇다.

그것을 알지 못하는 플로리데로서는 정기적으로 찾아오는 자신의 병이 다시 악화되었다는 생각밖에 들지 않았다.

플로리데에 관련된 모든 소문이 외부적으로 차단된 상황이었기에 그녀가 아프다는 사실을 알고 있는 사람은 많지 않았다.

그녀를 찾는 사람은 첫째 오빠인 율리센 황자뿐이었다.

율리센은 플로리데의 건강이 심상치 않다는 이야기에 매일같이 그녀의 처소를 방문하였다.

오늘도 그녀의 궁에 방문한 율리센은 걱정스러운 얼굴을 한 채 플로리데를 바라보았다.

"플로리데⋯⋯ 후우! 도대체 왜 이렇게 건강이 나빠지는 건가."

첫째 황자인 율리센은 황제 계승 서열 1위에 해당하는 인물이었지만 차기 황태자 자리에서 멀리 떨어진 인물이었다.

헬카드 제국의 힘을 잘 아우를 인물로 평가받지만 끊임없이 팽창하려는 제국의 정책과 잘 맞지 않았던 것이다.

무엇보다 그가 황태자 자리에서 멀어지게 된 이유는 여자 문제였다.

막강한 배경을 지닌 귀족 영애가 아닌 평민 여인을 좋아한다는 소문이 퍼지자, 그에게 끈을 대려는 대다수의 귀족들이 떨어져 나가고 있는 실정이었다.

그런 주변 상황은 율리센으로 하여금 마음을 비우게 만들고 있었지만.

그의 목소리를 들었음일까.

시름시름 앓고 있던 플로리데가 힘겹게 눈을 뜨며 입을 연다.

"오셨어요…… 오빠?"

"그래, 내가 왔다. 하늘도 무심하시지, 어찌하여 우리 예쁜 여동생을 이렇게 아프게 한단 말이더냐."

치료술이 뛰어난 치료사도, 신전의 대신관도, 황궁의 궁정 마법사도 플로리데의 증상을 알아차리지 못했다.

그들이 한 번도 접해보지 못한 기이한 천형일 것 같다는 추측만 늘어놓을 뿐.

그렇기에 율리센은 안타까웠다.

한창 피어오르는 아름다운 여동생이 마음껏 매력을 뽐내기는커녕 이렇게 시름시름 앓아누워 있어야 한다는 것이.

플로리데가 몸을 일으키려 하자, 율리센은 고개를 저으며 그녀를 만류하였다.

"괜찮다. 네 몸이 성하지 않다는 걸 누구보다 잘 알고 있는데 무리할 필요 없다."

"그럼…… 실례할게요."

그의 말처럼 몸을 가누기조차 힘든 상황이었기에 플로리데는 몸에 힘을 뺀 채 누웠다.

"입맛이 없을 것 같아 몸에 좋은 스튜를 준비하게 했으니 꼭 먹어야 한다. 우선 배가 든든해야 건강이 찾아오는 법이니까."

"……"

스튜라는 말에 플로리데는 고개를 살짝 끄덕인다.

언제나 입가에 미소를 지은 채 자신에게 베이컨 스튜를 만들어주던 슈미드의 모습이 뇌리에 스쳐 지나갔다.

어릴 적부터 해왔기에 대륙 제일을 자랑한다며 해주던 베이컨 스튜.

그 모습이 간절하게 떠오르면서 슈미드가 보고 싶은 마음이 들었다.

아릿하게 번져가는 아픔을 억누른 채 플로리데가 율리센에게 묻는다.

"요즘…… 새언니랑 어때요?"

그녀가 묻는 새언니는 율리센과 사랑에 빠진 여인을 말한다.

그 물음에 율리센은 쑥스러운 미소를 지어 보이더니 말한다.

"하하! 영 그래. 황궁의 분위기가 뒤숭숭하다 보니 말이야."

율리센은 그를 모시는 어린 시녀와 사랑에 빠져 있었다.

그녀의 이름은 비올라. 나이는 어리지만 몰락 귀족 출신이어서 그런지 무척 정숙하며 언제나 차분한 성격이 일품인 여인이었다.

또한 생각이 무척 깊어 타인을 배려하는 자세 또한 일품이었다.

미모는 수수한 가운데 사람의 마음을 잡아끄는 무언가가 있는 그녀는 율리센의 전용 시녀로서 배치되었다가 사랑에 빠지게 되었다.

그러다 그 사실이 알려지게 되자, 율리센은 황태자 자리에 오를 수 있는 모든 여건을 상실하게 되었다.

황태자 자리와 맞바꾼 여인이라 할 수 있었다.

다른 여인이라면 황자의 부인이 된다는 것으로 기뻐했을 테지만 비올라는 자신의 존재가 율리센의 앞길에 방해가 되는 걸 알아차리고는 몇 번이나 떠나려 하였다.

그가 발 빠르게 붙잡지 않았으면 이미 오래전에 헤어지게 되었으리라.

그녀의 생각을 알아차린 율리센은 비올라에게 각별한 정을 기울였고, 그 결과 비올라의 마음은 기울어져 마침내 그의 사랑 고백을 받아들였다.

한편의 동화와도 같은 두 사람의 이야기는 요즘 뒤숭숭한 황궁 분위기 때문에 이렇다 할 진전이 없는 상황이다.

대제국의 황자인 그가 시녀 출신 여인과 공개적으로 결혼하기에 정국이 좋지 않았고.

"그럴수록 강하게 밀어붙여야죠……."

머뭇거리는 율리센의 모습에 플로리데가 자신의 경험을 살려 조언을 한다.

율리센은 미소 지으며 고개를 저었다.

"하하! 그렇게 생각할 수도 있지만 정말 그러면 도망쳐버릴 수도 있다 생각돼서 말이야."

"그렇게 보일 수도 있지만 때때로 강하게 나가는 남자에게 매력을 느끼기도 하는 법이에요."

슈미드와 헤어지고 각종 연애 서적을 읽은 플로리데에게 율리센이 상대가 될 리 없다.

"그럴까?"

"그렇다니까요."

다른 사람의 연애 이야기는 여성에게 활력을 불어다 넣어주는 법일까.

그에게 이야기를 하는 플로리데는 조금 전과 비교도 안 될 정도로 활기를 띠고 있었다.

그것을 알고 있었기에 율리센은 연신 고개를 끄덕이며 그녀의 이야기를 경청한다.

다 뼈와 살이 되는 조언이었다.

"좋아, 그렇게 하도록 하지."

"때때로 강하게 나가면서 배려까지 하면 넘어올 수밖에 없어요."

"그래."

플로리데의 조언을 들으며 율리센은 쑥쑥 지식을 쌓아나가고 있었다.

자신의 이야기를 진지하게 듣고 있는 율리센을 보며 플로리데가 미소를 지었다.

'힘내세요, 오빠.'

그가 잘 되길 바라면서 플로리데 또한 어서 슈미드가 황궁을 방문했으면 좋겠다 생각했다.

자미에르 대제가 약속한 것이 그대로 실천되고 더 이상 원한 관계를 맺지 않은 채 무난하게 해결되길 바라면서…….

'그때까지 힘내자, 아자!'

약한 모습을 보여줄 수 없다 생각하며 플로리데는 의지를 굳게 다졌다.

*   *   *

플로리데와 이야기를 나눈 후 자신의 궁으로 돌아오던 율리센의 입가에 미소가 걸려 있었다.

"플로리데 녀석, 나보다도 새파랗게 어린 것이 이론은 빠삭하군."

자신보다 여섯 살이나 어린 플로리데였다.

그렇게 어린 여동생이 자신에게 연애 방법에 대해 가르침을 주다니. 그로서는 황당함을 느낄 수밖에 없었다.

"하지만 제법 실용적이란 말이지?"

여인의 정신 나이는 남자보다 성숙하다 했던가?

제대로 된 실전을 겸비하지 않은 플로리데의 이론은 그럴듯하여 율리센으로 하여금 그럴듯한 설득력을 지니고 있었다.

"한 번 실행해봐야겠어."

여인의 심리는 여인이 더 잘 아는 법.

비올라가 느낄 심정에 대해 그럴듯하게 설명을 해주었기에 율리센은 한 번 실행해봐야겠다 생각하며 궁 안으로 들어섰다.

그가 안으로 들어서자 근위기사들이 예를 취한다.

하지만 거기에 진심이 서려 있지 않다는 것을 그는 잘 알고 있다.

예전에 황태자의 자리에 가까울 때는 간이며 쓸개까지 빼줄 듯했지만 권력의 정점에 살짝 빗나가자 그들의 눈에는 비웃음마저 서려 있었으니까.

"쯧."

그 모습이 마음에 들지 않기에 가볍게 혀를 찬 율리센이 곧장 처소 안으로 들어선다.

안으로 들어선 그는 자신을 맞이하는 여인을 보며 입가에 미소를 짓는다.

"비올라."

그가 사랑하는 여인, 비올라가 모습을 드러낸 것이다.

비올라는 시녀였지만 귀족 출신답게 차분한 분위기를 지니고 있는 여인이었다.

녹색 머리를 단정하게 묶은 그녀는 차분한 푸른색 눈동자가 잘 어우러져 보는 사람으로 하여금 안정감을 갖게 하였다.

외모 또한 수수하면서 사람의 눈을 잡아끄는 면이 있다.

아리따운 귀족 영애들과 비교하면 극히 평범한 수준이었지만 수수한 가운데 갈무리 된 아름다움은 누구와도 비교할 수 없었다.

"예, 전하."

율리센의 부름에 비올라가 고개를 숙이며 대답한다.

비올라가 그의 마음을 모를 리 없다.

그녀는 자신이 율리센에게 어울리지 않는다는 것을 잘 알고 있었고, 자신이라는 존재가 그의 앞길에 방해가 되지 않길 바랐다.

그래서 소문이 조금씩 퍼질 무렵, 그녀는 조용히 황궁을 벗어나려 했지만 미리 눈치챈 율리센으로 인해 그러지 못했다.

결국 소문은 퍼지기 시작하였고, 그로 인해 율리센은 황태자의 자리에서 멀어지는 결과를 초래하였다.

그녀로서는 너무나 죄송하고 미안한 마음뿐이었다.

차분하게 대답하는 그녀를 보며 율리센이 한 걸음 앞으로 나선다.

그러자 비올라는 자신도 모르게 한 걸음 뒤로 물러난다.

율리센의 얼굴에 진한 실망감이 서리며 그녀에게 말을 건넨다.

"비올라, 왜 그렇게 나를 피하는 거야."

평소 같았으면 미소를 지으며 더 이상 접근하지 않았을 율리센이다.

그러나 지금 그의 반응은 예전 것과 사뭇 달랐다.

예상을 벗어난 말에 비올라의 차분한 표정에 파문이 일어난다.

"전하, 저는⋯⋯."

"그만, 비올라. 날 싫어하나?"

플로리데 처소로 떠나기 전과 다른 모습을 보이는 율리센이었다.

그때까지만 해도 비올라에게 접근하지 못하던 그였지만 지금은 강하게 나서고 있던 것이다.

언제나 한 발자국 물러서던 그의 모습만 보아왔기에 비올라는 당황할 수밖에 없었고, 뒤늦게 그가 자신에게 질문했다는 것을 알아차리고는 서둘러 대답한다.

"……그럴 리가 없지 않습니까. 제가 어찌 전하를 싫어하겠습니까."

"그럼 좋아한다는 거로군?"

"그건……."

당연히 좋아하지만 자신은 일개 시녀이기에 그 마음을 겉으로 노출할 수 없는 처지였다.

뭔가 말하기 위해 머뭇거리는 비올라였지만 율리센은 기다려주지 않았다.

그는 고개를 끄덕이며 자신 나름대로 결정을 내린다.

"좋아한다는 거로군. 비올라."

"네, 네. 전하."

강하게 나오는 그의 모습에 제정신을 차리지 못하는 비올라.

율리센은 플로리데의 말이 정확하게 맞아떨어지는 것을 느끼고는 그녀에게 말한다.

"나는 널 좋아한다."

"……."

단도직입적인 고백.

아무렇지도 않은 얼굴로 고백을 했지만 율리센으로서는 굳게 다짐하고 한 고백이었다.

당연히 가슴이 벌렁벌렁하고 그녀의 반응이 궁금했다.

비올라는 혼란에 빠진 얼굴이었다.

갑작스러운 그의 고백에 어쩔 줄 몰라하며 뭐라고 대답해야 할지 혼란에 빠져 있던 것이다.

붉게 상기된 그녀의 얼굴에는 싫은 반응이 전혀 떠오르지 않았다.

그는 자신의 고백이 긍정적으로 작용했다는 것을 알 수 있었다.

"전하 저는……."

잠깐의 시간이 흐르며 비올라가 무어라 말하려 했지만 그녀의 말은 더 이상 이어지지 못했다.

어느새 율리센이 그녀에게 바짝 다가선 뒤였던 것이다.

자신에게 다가온 율리센을 보며 화들짝 놀란 비올라는 다시 한 걸음 뒤로 물러난다.

그 거리를 그대로 좁혀오며 율리센이 비올라에게 다가간다.

평소와 다른 그의 모습에 낯선 느낌을 받은 비올라는 계속해서 뒤로 주춤주춤 물러선다.

그러다 벽을 등지게 되었고, 율리센은 조용히 다가와 벽에 손을 뻗는다.

완벽하게 그의 공간에 갇히게 된 비올라.

"네가 날 싫어하지 않는다는 걸 알고 있어. 신분 따위? 이미 황태자 자리는 내게 있어 흥미를 주는 자리가 아니야. 권력가인 오대 공작들을 아우르며 귀족들에게 시달리느니 편안한 삶을 택하겠어. 그것도 너와 함께!"

강한 어조, 이글거리는 눈빛.

의지가 그대로 전해지는 그의 말은 비올라의 마음을 거세게 흔들고 있었다.

자신을 위해 황제의 자리마저 저버리겠다는 황자의 고백!

이렇게 멋진 고백이 세상에 어디 있단 말인가!

흔들리지 않는 그의 눈빛을 접한 비올라는 자신도 모르게 얼굴을 붉히며 고개를 숙인다.

"저, 전하……."

"비올라."

나직한 말과 함께 율리센의 고개가 숙여지더니 그대로 비올라의 입술을 훔친다.

"흡?!"

갑작스러운 율리센의 행동에 비올라의 눈이 동그랗게 뜨인다.

그녀의 정면에는 율리센이 자리하고 있었다.

그라면 자신을 지켜줄 수 있을 것 같은 느낌이 들었다.

비올라는 자신의 마음속 강하게 자리 잡고 있던 속박이 사르르 풀려나는 것을 느끼며 양손을 뻗어 그의 목에 손을 둘렀다.

그것은 완벽한 수락의 표시.

율리센은 그녀가 자신의 마음을 받아들였다는 걸 깨닫고 입가에 미소를 지을 수 있었다.

플로리데의 훌륭한 가르침을 그대로 적용시켜 마침내 사랑하는 여인의 마음을 사로잡은 율리센이었다.

*　　*　　*

슈미드는 페릴을 찾았다.

며칠의 기간이 남았지만 떠나기 전까지 집중적인 수련을 할 예정이었기에 여유가 되는 시간은 오늘밖에 없었다.

그는 페릴에게 황궁 습격에 대해 언급하였다.

"조만간 황궁으로 떠날 것이다."

"……그렇군요."

살짝 놀란 표정을 지었지만 이내 차분하게 변하는 페릴이었다. 요즘 들어 슈미드가 수련에 집중하는 모습을 보았기에 그가 떠나려 한다는 것을 짐작하고 있었다.

그것이 마침내 오늘로 다가온 것일 뿐, 크게 놀랄 일은 아니었다.

페릴은 슈미드를 바라보며 당부했다.

"꼭 돌아오셔야 해요?"

"계획이 성공한다면 돌아오는 것도 가능하겠지. 성공한다면 말이야."

"마치 성공하지 못한다는 식으로 이야기하네요? 오빠라면 충분히 가능해요."

"그런가."

격려가 담긴 페릴의 말에 피식 미소를 짓는 슈미드였다.

그녀의 말에 위안을 얻는 지금 상황이 그리 낙관적이지 않다는 것을 잘 알고 있다.

여러 가지 불안요소를 갖고 있기에 황궁을 습격한 뒤 성공할 확률은 3분의 1도 되지 않는다.

물론 테베로즈 후작의 합류가 늦어질수록 그 확률은 높아지겠지만.

여태까지 제대로 공략한 적이 없는 황궁이기에 성공 확률은 높지 않았다.

"모디악 경이 계획을 세우고 카벨 님의 자세한 정보를 토대로 완성했으니 성공 확률은 제법 있지. 나 또한 죽고 싶은 마음은 없으니 무사할 수 있도록 노력하마."

"그게 뭐예요. 반드시 돌아온다고 해야죠."

평소 슈미드와는 다르다.

복수를 위해서 반드시 살아남겠다고 하던 것과 달리 지금은 부정적이다 못해 비관적이기까지 했으니까.

"가능성이 높지 않아서 말이다."

"가능성은 말 그대로 가능성이잖아요. 오빠가 스스로의 실력을 믿는다면 일은 성공할 것이라 믿어요. 누구도 오빠가 글레이드 공작을 꺾을 것이라 생각하지 않았고, 아드리온 공작에게 복수할 거라 생각하지 않은 것처럼요."

"……그것도 그렇군."

페릴의 비유는 희망을 불어다 넣어주는 것이었지만 지금은 그 수준 자체가 달랐다.

현재 황궁에 모여 있는 힘은 제국의 힘 전체의 절반 이상이라 해도 과언이 아니었으니까.

다만 그에 걸맞은 막강한 전력을 모았기에 해볼 수 있다는 희망을 갖고 있을 뿐이었다.

"반드시 무사해야 해요. 그렇지 않으면 두고두고 저주할 테니까요. 전 오빠가 반드시 돌아올 것이라 믿고 있어요."

자신이 돌아올 것이라 믿어주는 사람이 있기에 돌아와야겠다는 강한 압박을 받는다.

이러한 압박은 자신이 살아남을 수 있게 큰 도움을 주리라.

입가에 미소를 지은 슈미드가 고개를 끄덕였다.

"그래. 그렇게 하도록 하마."

"그럼 됐어요. 전 오빠를 믿으니 얼마 후 아무렇지도 않게 만날 수 있겠지요."

"……."

슈미드는 입가에 미소를 지은 채 고개를 끄덕이고 있었다.

그러다 무언가 생각이 난 듯 그녀에게 묻는다.

"그나저나 카벨 님과는 어때?"

뜬금없는 슈미드의 물음에 페릴이 몸을 움찔 떨더니 그를 바라보며 입을 열었다.

"그, 그게 무슨 말이죠?"

영문을 모르겠다는 식으로 이야기하는 것과 달리 그녀의 목소리는 떨리고 있었다.

"그건 네가 더 잘 알고 있을 텐데."

"……저는 잘 모르겠어요."

잠시 침묵하던 페릴이 꺼낸 말이었다.

그녀의 말에 슈미드는 입가에 부드러운 미소를 지은 채 그녀에게 말한다.

"너도 어렴풋이 느끼고 있을 거야. 카벨 님이 네게서 카엘라 누나의 모습을 찾고 있는 것을."

"네."

슈미드의 말에 고개를 끄덕이는 페릴.

그의 말처럼 정보 길드 마스터인 카벨은 페릴에게 정보를 전달하면서 곧잘 그녀를 묘한 시선으로 바라보고는 하였다.

그것은 음심이 담긴 눈빛도 아니었고, 그렇다고 호감의 눈빛도 아니었다.

무언가를 찾는 듯한 아련한 눈빛.

그 눈빛의 정체를 알아내는 것은 어려운 일이 아니었다.

카벨은 카엘라를 좋아한 듯싶었다.

그녀에게서 카엘라의 모습을 쫓고자, 부하들을 시켜 전달할 수 있음에도 불구하고 굳이 본인이 직접 찾아와 페릴에게 정보를 전달하고는 하였으니까.

그러다 어느 순간 그의 눈빛이 바뀌기 시작했다.

페릴을 바라보는 그의 눈빛이 점점 호감으로 바뀌고 있던 것이다.

여전히 카엘라를 쫓는 듯한 모습을 보이고 있었지만 그녀는 실종되었고, 영원히 찾을 수 없다는 사실을 그 스스로 자각하고 있는 듯하였다.

그러면서 카엘라를 쫓는 마음이 자연스레 자주 만나게 되는 페릴에게 향하고 있던 것이다.

페릴은 그것을 알고 있었고.

"중요한 건 네 마음이야. 정보 길드는 음지에 자리했지만 카벨 님은 괜찮은 인물이지."

"괜찮다는 건 알고 있어요."

그렇지 않다면 그와 함께 동업하지 않았을 테니까.

그가 괜찮은 인물이라는 것은 그녀 또한 잘 알고 있는 사실이다.

"그럼 한 번 사귀어 봐."

"그건…… 잘 모르겠어요."

적극적인 슈미드의 말에 고개를 저어 보이는 페릴.

카벨을 향한 자신의 마음을 정확하게 알아차리지 못하고 있었다.

그렇기에 섣불리 결정을 내리기 힘들었고.

한 가지 분명한 건 그를 싫어하지 않고 있다는 것 정도였다.

"그래, 그 부분은 내가 어찌할 수 있는 게 아니니까. 그래도 한 가지만 말하자면 카벨 님은 더 이상 카엘라 누나를 쫓지 않고 있다는 거야."

그때로부터 거의 삼 년의 시간이 흘렀으니 서서히 그리움이 옅어질 때였다.

그것을 알고 있었기에 슈미드는 카벨에게 클로라이네가 카엘라의 몸에 강림했다는 사실을 굳이 알리지 않은 것이다.

카엘라의 소재가 알려지면 애써 지워지고 있던 그의 그리움이 다시 커질 것을 알고 있었기에.

페릴도 카벨을 딱히 싫어하는 눈치가 아니었기에 두 사람이 잘되길 바라는 마음에서 아무 말도 하지 않고 있던 것이다.

"제 걱정은 하지 마세요. 오히려 오빠가 더 걱정해야 하는 거 아닌가요?"

"이크, 그건 그렇지. 플로리데를 데려와야 하니까."

플로리데를 언급하자, 페릴의 눈이 날카롭게 변하더니 묻는다.

"유리나는 어쩌고요?"

"그건……."

그녀의 이름이 언급되자 말끝을 흐리는 슈미드였다.

셰드로 공작을 포섭하는 과정에서 그와 했던 약속이 떠올랐던 것이다.

플로리데가 수락할 시 유리나를 받아들이겠다는 것.

그녀에게 흔들리는 일말의 마음과 플로리데가 괜찮다고 했던 것이 떠올라 수락을 했지만 지금 와서 생각하면 왜 수락했는지 이해할 수 없었다.

분명 그녀에게 흔들리고 있는 것은 사실이지만 한 사람만으로도 벅차다는 것을 잘 알고 있었다.

사랑이라는 것은 공평해야 한다는 것을 알고 있었기에 설사 그녀를 사랑하더라도 플로리데만큼 사랑할 자신이 없었다.

그렇기에 그녀 스스로 포기하길 바라는 마음을 가지고 있었고.

하지만 그녀는 포기하기는커녕 더욱 바짝 다가왔고, 마침내 셰드로 공작의 협력을 받아내기 위해 수락하고야 말았다.

"후우! 유리나와는 잘 해결을 하기로 했어."

"잘 해결한다고요? 설마 이상하게 해결하는 건 아니겠죠?"

"그건 아니야."

이상한 상상을 하는 듯한 페릴의 말에 고개를 저어 보인 슈미드가 셰드로 공작과 했던 조건에 대해 이야기를 하고 자신의 고민을 털어놓는다.

이야기를 들은 페릴은 잠시 침묵하다가 슈미드에게 말한다.

"그 부분에 대해서는 유리나에게 직접 물어보는 것이 좋다 생각해요. 어디까지나 유리나가 판단할 문제니까요."

두 여인을 받아들이는 것은 문제가 되지 않지만 문제는 사랑의 분배.

다른 여인이 자신보다 더 사랑받고 있다는 사실은 다른 한 여인에게 괴로움으로 남게 될 것임이 분명했다.

　페릴은 슈미드가 의도적으로 유리나를 배척한다 생각했지만 그의 말을 듣자, 그럴 수도 있다는 생각을 하게 되었다.

　지금은 아무렇지도 않다 하지만 장기적으로 그것이 어찌 될지 모르니까.

　열 길 물속은 알아도 한 길 사람 속은 모르는 법이었다.

　그것은 유리나 또한 마찬가지였다.

　인간은 욕심이 많은 종족이기에 하나를 얻으면 또 다른 하나를 얻고자 하니까.

　사랑 또한 그러지 않을 거라고는 절대 확신할 수 없다.

　"그래야겠지."

　그 말이 정답이었기에 슈미드가 고개를 끄덕인다.

　"곧 찾아올 거예요. 그때 유리나에게 이야기를 해보는 게 좋을 것 같네요."

　"그래, 그렇게 하도록 하마."

　그렇게 슈미드와 페릴의 대화는 끝을 맺었다.

　하지만 슈미드에게 있어서는 마음의 혼란이 해소되지 않은, 답답함이 남는 대화였다.

　　　*　　　*　　　*

마침내 약속한 날이 되었다.

이른 아침에 마차 한 대가 저택 안으로 진입했다.

마차에 타고 있는 사람들은 다름 아닌 셰드로 공작과 유리나였다.

그들의 방문에 슈미드가 직접 나와 정중하게 맞이했다.

"어서 오십시오, 공작 전하. 그리고 유리나."

"네? 네……."

자신을 맞이하는 슈미드의 모습에 화들짝 놀라다가 부끄러운 표정을 짓는 유리나였다.

아직도 자신과 그 사이에 관계가 성립된 것인지 그녀는 실감할 수 없었다.

그런 모습을 셰드로 공작은 못마땅한 눈으로 바라보았다.

'좀 더 적극적이지 못해서는…… 쯧쯧!'

그의 입장에서는 혀를 찰 수밖에 없는 상황.

관계가 확실해졌으면 좀 더 적극적으로 나설 줄 알아야지, 수줍은 모습만 보이니 답답한 마음밖에 들지 않았다.

'그래도 손녀인데 도움을 줘야겠지.'

어쩌겠는가.

겉으로는 강하지만 속으로는 한없이 여린 손녀인데.

그녀가 첫사랑을 이룰 수 있도록 적극적으로 나서기로 한 만큼 분에 넘칠 정도로 도와줄 생각이었다.

"그분을 뵈는 건 따로 하인에게 안내를 부탁하도록 하지.

자네는 유리나와 이야기를 좀 하도록 하고."

슈미드는 셰드로 공작의 속내가 무엇인지 알아차리고는 적 잖게 당황했지만 한 번쯤 부딪쳐야 할 상황이었기에 고개를 끄덕인다.

"알겠습니다."

"그럼 이야기들 잘 나누도록."

그 말과 함께 셰드로 공작은 성큼성큼 발걸음을 옮겼고, 순 식간에 슈미드와 유리나만 남게 되었다.

그와 함께 있다는 사실이 무척 부끄러웠는지 유리나는 얼굴 을 붉힌 채 손을 꼼지락거리고 있었다.

'뭐, 뭐라 말해야 되지…….'

아직도 그와 혼인할 수 있다는 사실이 믿기지 않는 상황.

혼인이 성립되기 전에는 이판사판이라는 마음에 적극적으 로 들이댈 수 있었지만 막상 관계가 성립되니 나서는 것이 너 무나 부끄러웠다.

목표를 이뤄서 허전한 것이 아닌, 목표를 이뤘기에 더더욱 조심스러워지는 유리나였다.

어색한 것은 슈미드 또한 마찬가지였지만 유리나가 부끄럼 을 타는 걸 알았기에 먼저 입을 연다.

"우선 안으로 들어가 이야기를 나누도록 하지."

"네……."

살짝 고개를 끄덕인 유리나가 슈미드의 뒤를 따른다.

복잡한 생각이 그녀의 머릿속을 맴돌며 어떻게 행동해야 할지 고민하기 시작한다.

"공작 전하께 들었으리라 생각해."

방으로 들어선 슈미드가 단도직입적으로 이야기를 한다.

평소 그답지 않게 진지한 표정으로 이야기를 하자 유리나도 감히 경시하지 못하고 자세를 바로 한 채 고개를 끄덕인다.

"네……."

"공작 전하의 제안을 받아들였지만 난 솔직히 자신이 없어."

"……."

아무 말도 하지 않은 채 복잡한 표정을 지어 보이는 유리나였다.

세드로 공작이 제안함으로써 반강제적으로 수락했다는 것을 알고 있지만 결코 유쾌한 이야기는 아니었다.

"전에도 들었을 테지만 네게 흔들린 것은 사실이야. 성격도 그렇고 외모 또한 나에 비해 부족하지 않지. 아니, 오히려 과분할 정도야."

"그렇지 않아요."

고개를 저으며 부인하는 유리나였지만 슈미드는 자신의 이야기를 멈추지 않는다.

"아니, 맞는 말이야. 넌 라이오스 왕국 영웅의 손녀고, 나는

이름만 귀족 출신에 반역자 낙인이 찍혀 있는 사람이지. 내게
는 너무나 과분해."

이렇게 이야기를 하는 것이 유리나에게 걷잡을 수 없는 불
안함을 가져다주고 있었다.

자신을 거부하기 위해 이런 이야기를 하는 것처럼 느껴졌으
니까.

"만약 널 먼저 만났더라면 플로리데가 아닌, 널 사랑했을
거야."

더없이 달콤한 말이었지만 그 말은 오히려 유리나의 마음을
복잡하게 만들었다.

이렇게 불안한 마음을 지니고 슈미드의 충격적인 말을 들으
면 버텨낼 수 없을 것 같아 유리나가 먼저 선수 친다.

"절 받아들일 수 없다는 건가요?"

"그렇게 생각하는 거야?"

"지금 말씀하시는 것이 마치 절…… 내치려는 것 같으니까
요."

힘겹지만 자신의 생각을 털어놓는 유리나였다.

그 속에 내재된 그녀의 감정.

그것은 슈미드에게 거절당할 수도 있다는 두려움이었다.

"그건 아니야."

"그러면……?"

"유리나 네가 이해해줄 수 있느냐를 묻고 싶었어. 유리나,

잔인한 말이지만 플로리데와 널 받아들인다 하더라도 내 사랑은 플로리데에게 더 향할 거야."

"……."

잔인하지만 사실적인 말.

유리나는 아무 말도 하지 못한 채 조용히 슈미드를 바라본다.

그런 그녀의 모습에 슈미드는 자신의 말을 이어나간다.

"같이 살아가게 되면 그 차이는 반드시 문제가 될 거야. 그로 인해 유리나 네가 받는 상처는 상상을 초월할 테고……."

"그걸 걱정해주시는 건가요?"

"맞아."

"그럼 저를 받아들일 수 있다는 거로군요. 그 점만 감안한다면?"

슈미드는 고개를 살짝 끄덕임으로써 긍정을 표한다.

그녀의 말처럼 그것을 이해할 수 있다면 그녀를 받아들일 수 있다.

플로리데는 이미 그녀를 받아들이라고 먼저 말을 했을 정도였으니까.

자신에게 향하는 그녀의 일편단심은 슈미드의 마음을 뒤흔들 정도로 거센 유혹을 담고 있었다.

"저는 해낼 수 있어요."

"버틸 수 있다는 거야?"

"그건 아니에요."

무슨 말을 하려는 것일까.

이해가 되지 않는 눈으로 그녀를 바라보자, 유리나가 입가에 살며시 미소를 짓는다.

그 미소는 기존의 것과 다를 정도로 아찔함을 담고 있어, 순간 슈미드가 움찔할 정도였다.

그녀는 슈미드에게 말한다.

"날 더 사랑하게 만들면 되는 거니까, 그렇게 해낼 테니까 걱정하지 않는다는 거예요. 내가 사랑을 덜 받아 상처를 입는다면 더욱 사랑받을 수 있도록 하면 되는 것 아닌가요?"

"……"

그 말이 정답이었다.

설마 그런 말을 할 줄 몰랐기에 슈미드는 침묵한 채 그녀를 바라본다.

여전히 미소 짓고 있는 그녀는 여린 속마음을 지닌 여인답지 않게 강해 보였다.

"그 점은 충분히 해낼 자신이 있어요. 그러니 무사히 돌아오셔야 해요."

"공작 전하께 들었구나?"

"네. 목숨이 위태로울 정도로 위험하다는 것을 알고 있지만 반드시 살아 돌아오길 기원하겠어요. 그래야 절 더욱 사랑하게 만들고, 제 행동에 애가 닳도록 만들어줄 수 있을 테니까요."

유리나의 선언.

당당한 그녀의 마음은 그녀를 더욱더 아름답게 만들고 있었다.

슈미드가 아무 말도 하지 않은 채 자신을 바라본다. 예전 같으면 부끄러운 표정을 지었을 테지만 물꼬가 터져나간 지금, 그녀는 당당했다.

품속에서 무언가를 꺼내 들은 유리나가 그것을 슈미드에게 내민다.

"손수건이에요. 귀족 영애들은 전쟁터에 나가는 연인에게 손수건을 주며 자신을 기억하며 무사히 돌아오길 바란다고 했어요. 반드시 돌아오길 바라는 마음으로 드리는 것이니 꼭 돌아오셔야 해요. 할아버지와 함께!"

"그래."

당당한 그녀의 모습은 더욱 아름답다.

고개를 끄덕이며 슈미드가 손수건을 챙겨 들자, 유리나가 입가에 미소를 머금는다.

"이만 일어나도록 해요. 할아버지와 함께 떠나신다고 들었어요. 제가 괜히 시간을 지체하게 만들면 죄송하지 않겠어요?"

"그렇지."

고개를 끄덕인 슈미드가 자리에서 일어선다.

막 그가 일어서는 순간, 먼저 일어서 있던 유리나의 신형이 섬전을 방불케 할 정도로 빠르게 슈미드에게 다가간다.

마치 그의 품 안에 안기려는 듯한 현상!

충분히 그녀를 제지할 수 있었지만 슈미드는 그렇게 하지 않았다.

자신을 위해 큰 손해마저도 감수하겠다 선언한 유리나에게 미안함을 느끼고 있어서 그런 것일지도 모른다.

그러나 그것은 슈미드의 착각!

슈미드의 품 안에 안기는 듯하던 유리나가 그대로 까치발을 들더니 그의 입술을 훔쳤던 것이다.

"......!"

천하의 슈미드라 하여도 이런 유리나의 행동에 어떻게 반응할 수 없었다.

어설픈 기교로 슈미드의 입술을 점령한 그녀는 한동안 입맞춤에 몰두하더니, 그대로 혀를 집어넣는다. 그녀의 대담한 행동에 슈미드의 눈에 서린 놀라움은 사라지지 않는다.

잠시 후, 떨어진 유리나가 뒤로 성큼 물러선다.

얽히고 있던 두 사람의 혀가 풀어지며 타액이 길게 늘어졌지만 개의치 않은 채 유리나가 말한다.

"지금은 제가 두 번째지만 언젠가 반드시 처음이 되도록 하겠어요. 이렇게 농도 짙은 입맞춤은 제가 처음이겠죠? 이것만큼은 양보할 수 없었어요."

"설마 이렇게 할 줄은 몰랐어. 후우!"

갑작스러운 유리나의 행동에 당혹스러움을 감추지 않는 슈미드였다.

그 모습을 바라보며 미소 짓고 있던 유리나가 말한다.

"제가 받을 수 있는 유일한 증표니까요. 더욱 큰 것을 바라고 있지만…… 그것은 나중에 받도록 할게요."

그것이 무엇인지 궁금했지만 분위기상 물어보면 안 될 것 같은 느낌이 강하게 들었다.

그저 고개를 끄덕일 뿐.

"너무 오래 기다리게 만들지 마세요. 전 외로움을 많이 타니까. 반드시 할아버지와 함께 무사히 돌아오셔야 해요. 알겠죠?"

"그래."

간절한 눈으로 자신을 바라보는 유리나의 요청을 슈미드는 거절할 수 없었다.

고개를 끄덕이자, 유리나는 기쁜 미소를 지으며 다시 그에게 안겨들었다.

그녀의 눈에는 기쁨의 눈물이 맺혀 있었다.

*   *   *

슈미드와 유리나가 알콩달콩 즐거운 시간을 보내고 있을 무렵, 셰드로 공작은 첸이 머물고 있는 처소에 안내된 상황이었다.

방 앞에 도착한 그가 노크를 하자, 방문이 열리며 한 여인이 모습을 드러낸다.

"……!"

여인의 모습을 확인한 셰드로 공작이 화들짝 놀란 표정을 짓는다.

그녀는 가히 찬란하다 해도 과언이 아닐 정도로 아름다운 외모를 지니고 있던 것이다.

더군다나 귀 끝이 뾰족한 것으로 보아 엘프가 틀림없었다.

"엘프?"

라이오스 왕국과 이종족 연합국은 거리상 멀지 않지만 죽음의 산맥이 가로막고 있어 교류가 거의 없다 해도 과언이 아니었다.

당연히 엘프가 실존한다는 것을 알고 있지만 교역은 전혀 이루어지지 않고 있었다.

놀란 셰드로 공작의 목소리에 나렌샤가 입가에 미소를 짓더니 그에게 말한다.

"당신이 슈미드 님이 말한 인간이로군요."

"셰드로 공작이라고 합니다. 엘프, 당신의 이름은?"

정중하게 예를 취하며 자기소개를 하는 셰드로 공작의 모습에 나렌샤도 방문을 나서 자기소개를 한다.

"하이엘프 나렌샤라고 합니다."

"하이엘프라면…… 엘프의 지도자라는……?"

다시 한 번 놀라는 셰드로 공작.

보통 미모가 아니라는 생각을 했지만 설마 하이엘프일 것이라 생각도 못한 눈치였다.

"지도자라기보다는 세계수의 말을 들려주는 입장이라 할 수 있겠네요."

엘프 사회는 인간 사회처럼 신분이 존재하지 않기에 그렇다.

살짝 미소 지으며 말하는 그녀의 모습에 자신의 실수를 깨달은 셰드로 공작이 고개를 끄덕이며 사과한다.

"그렇군요. 제가 실례를 범했습니다."

벌써 팔십이 되었지만 엘프 앞에서 나이를 내세울 수 없다는 걸 누구보다 잘 알고 있기에 정중하게 사과하는 셰드로 공작이다.

"아니에요. 인간에게는 인간들만의 체제가 있는 법이니까요."

"그 녀석이 소개시켜준다던 것이 바로 나렌샤 님이었습니까?"

그녀의 이름을 칭하는 셰드로 공작이었다.

나렌샤도 불편하지 않은지 아무 말도 하지 않는다.

"슈미드 님이 소개시켜준다는 건 제가 아니에요. 안으로 들어오세요, 그분이 안에 계시니까요."

그 말과 함께 나렌샤가 문을 열어 안으로 들어갔다. 셰드로 공작은 뒤를 이어 방안으로 들어섰다.

그러자 그의 눈에 보이는 것은 자리에 일어서 있는 백발의 노인이었다.

머리와 눈썹이 새하얗게 되어 노인이라는 것을 알았지만 셰드로 공작은 그 노인이 주름 하나 없는 얼굴을 하고 있다는 걸 눈치챌 수 있었다.

마스터의 경지에 올랐지만 세월의 힘을 이길 수 없어 서서히 주름이 자리하고 있는 자신과 판이하게 다른 모습이었다.

'심상치 않은 인물이다.'

헬카드 제국 황제의 스승격이라더니 과연 범상치 않아 보였다.

짧은 시간 그를 관찰한 셰드로 공작이 정중하게 자기소개를 하였다.

"이번 황궁 습격에 도움을 주기로 한 셰드로 공작입니다."

"허허, 라이오스 왕국의 영웅을 만나게 되어 반갑습니다. 제 이름은 첸이라고 합니다."

어느덧 건강을 회복한 첸이 셰드로 공작의 인사를 정중하게 받았다.

셰드로 공작은 첸을 바라보며 입을 열었다.

"황제의 스승이란 이야기를 들었습니다."

"그렇습니다. 그 녀석이 젊은 시절, 제가 도움을 줬지요. 그러니 스승이라 해도 무방합니다."

"황제의 스승이 무슨 일로 황궁을 공격하려 하는지 물어봐도 되겠습니까?"

가장 의문을 갖고 있던 부분이 그것이다.

황제의 스승이라면 제국에서 상당한 위치에 속한 인물일 것임이 분명했다.

가장 생각하기 쉬운 것은 권력 다툼에서 밀려난 것.

그러나 왕국 정보부 그 어디에도 황제에게 스승이 있다는 사실은 알려진 바가 없다.

또한 황제를 중심으로 오대 공작이 권력을 나눠 쥐고 있는 실정이었고.

겉으로 모습을 드러낸 적이 없는 만큼 첸의 행보가 무엇인지 궁금한 것이 사실이었다.

왠지 취조당하는 느낌이어서 첸은 쓴웃음을 지은 채 말한다.

"순리를 어겼기 때문입니다."

"순리를 어겼다는 것이 무슨 뜻입니까?"

이해가 되지 않아 의아한 기색을 띤 채 묻자, 첸이 구체적으로 말한다.

"엘리멘탈 프로젝트를 알고 계실 겁니다."

첸의 말에 세드로 공작은 아무 말도 하지 않은 채 고개를 끄덕인다.

"그 엘리멘탈 프로젝트의 구조적 토대를 잡아준 것이 바로 저입니다."

"……!"

충격적인 말에 셰드로 공작이 눈을 부릅뜬다.

그는 지금 자신이 들은 말이 사실인지 아닌지 분간이 가지 않았다.

"엘리멘탈 프로젝트의 토대를 경이 잡았단 이야기입니까?"

"그렇습니다."

대륙의 판도를 완전히 바꿔버린 것이 엘리멘탈 프로젝트였다.

브란티아 대륙에서 치이고 치이던 헬카드 왕국을 한순간에 대륙의 패권을 움켜쥔 대제국으로 성장하게 만든 것이 바로 엘리멘탈 프로젝트였으니까.

그 엘리멘탈 프로젝트를 첸이 기획했다는 이야기는 큰 충격이었다.

"허허, 아마 당신은 제가 권력 다툼을 하다 밀려나지 않았을까 생각했을 것입니다. 하지만 저는 그와 관련이 없는, 엄연히 말하면 이종족 연합국 소속의 인물이라 할 수 있지요."

"이종족 연합국……."

하이엘프 나렌샤와 함께 있는 만큼 충분히 설득력이 있는 말이었다.

"그럼 그들을 도와줄 땐 언제고 지금와서 그들을 벌하겠다는 이야기입니까?"

엘리멘탈 프로젝트의 존재로 십 년 전쟁이라는 대륙 전쟁이 일어나게 되었고, 수많은 사람들이 죽고 다치게 되었다.

그 결과 헬카드 제국이라는 대제국이 탄생하게 되어 각 왕국들이 겁에 질리게 되는 결과를 낳게 된다.

직접적으로 수십만 군대의 생사를 가르고, 간접적으로 수천만에 달하는 사람들이 엘리멘탈 프로젝트로 고통받게 된 것이다.

"그것은 어디까지나 인간의 입장입니다. 이종족 연합국 입장은 다르지요."

"……."

충분히 그럴 수 있다.

이종족 입장에서 인간은 모두 적이었으니까.

특히 이종족이 살고 있는 곳 근처에 자리한 왕국들은 대륙에서 손에 꼽힐 정도로 강한 국력을 가지고 있었고, 그것을 이용하여 이종족들을 노예로 삼고는 하였다.

셰드로 공작이 침묵하자 첸이 입가에 미소 지으며 말을 잇는다.

"헬카드 제국의 황제는 엘리멘탈 프로젝트를 적용시키면서 영구적으로 이종족 연합국을 침공하지 않겠다 하였지요."

들은 적 있는 말이다.

헬카드 제국의 황제는 이종족 연합국을 형제국으로 공표하고 그들을 사냥하려 할 경우 본인은 물론 가족들 모두 사형시키겠다는 법을 만들었으니까.

타국에 있어 헬카드 제국은 재앙이었지만 이종족 연합국에 있어서는 든든한 울타리였다.

그런 든든한 아군을 공격하려 한다?

머릿속을 스치고 지나간 생각이 있어 셰드로 공작이 묻는다.

"든든한 아군을 공격하겠다는 이야기입니까?"

"엘리멘탈 프로젝트는 인위적으로 정령의 힘을 끌어내기에 자연스럽게 정령을 소환하는 엘프에게 취약합니다. 그렇기에 전쟁이 벌어지면 제국이 불리할 수밖에 없지요. 그런데 문제는 제국 황제가 엘리멘탈 프로젝트보다 상위에 속하는 프로젝트를 홀로 진행하여 성공했습니다."

"엘리멘탈 프로젝트보다 상위 프로젝트?"

숨길 수 없는 놀라움이 번져나간다.

거세게 두근거리는 심장 박동이 놀라움을 대변하고 있다.

엘리멘탈 프로젝트보다 상위 프로젝트라니.

얼마나 강한 위력을 지니고 있을지 상상만 해도 두려웠다.

"그 힘은 인간의 한계를 뛰어넘은 것. 나아가 황제는 전 대륙을 통일하고자 하는 야욕의 화신으로 뒤바뀌었습니다. 이 모든 것은 어찌 보면 저로 인해 비롯된 일이기에 그를 벌하고

자 이번 공격을 계획한 것입니다. 이제 이해하실 수 있겠습니까?"

"알겠습니다. 최선을 다해 돕도록 하겠습니다."

충격의 연속이었지만 셰드로 공작은 정신을 수습한 후 대답할 수 있었다.

'엘리멘탈 프로젝트보다 상위라니…… 그것이 제국에 적용된다면 누구도 막을 수 없다.'

편법으로 힘을 얻었다 칭하지만 그 힘이 얼마나 위험한지 알고 있었기에 경계하는 마음이 들었다.

"그럼 슈미드가 돌아오기까지 기다리도록 하지요."

첸의 말에 고개를 살짝 끄덕인 셰드로 공작이 입을 닫은 채 생각에 잠긴다.

제**7**화
황궁 대전 개막

Dark
Blaze

　한층 대담해진 유리나와 두근거리는 만남을 끝으로 슈미드
는 첸의 방이 아닌, 연무장으로 발걸음을 옮겼다.

　보름 전 클란과 약속한 것을 지금 확인할 계획이었다.

　슈미드가 연무장으로 향하자 그곳에는 클란이 이미 자리하
고 있었다.

　"일찍 나오셨군요."

　"약속을 어길 수 없지 않습니까."

　"흐음?"

　묘하게 자신감 넘치는 그의 모습에 슈미드의 눈이 순간 이
채를 발한다.

보름 동안 성취가 있던 것일까.

의아함이 섞인 시선으로 자신을 바라보고 있다는 걸 알아차린 클란이 입가에 미소를 지으며 슈미드에게 말한다.

"보름 동안 절치부심하여 수련했습니다. 그 결과를 지금 보여 드리고자 합니다."

"수련의 결과라…… 성취를 이루었단 이야기입니까?"

눈을 빛내며 묻는 슈미드.

그의 눈에 숨길 수 없는 놀라움이 자리하고 있다.

보름 사이에 최상급의 경지에 도달했단 말인가?

그것은 지켜보아야 할 일이다.

"보여 드리도록 하겠습니다. 제가 이룩한 성취를!"

강한 어조로 말을 한 클란이 검을 뽑아든다.

예리한 예기가 서늘하게 느껴지면서 그의 기세와 예기가 조화되며 무시할 수 없는 강렬한 기세가 느껴진다.

"흐음."

낮게 소리를 흘리며 슈미드가 바라보자, 클란은 검에 자신의 모든 힘을 불어넣기 시작한다.

화르륵!

클란의 검에 서리는 붉은 불꽃.

화염 속성의 힘을 지닌 그의 불꽃은 이전과 확연하게 비교될 정도로 자유로이 움직이고 있었다.

그야말로 절정에 다다른 불꽃.

슈미드는 본능적으로 그가 한계에 임박해 있는 상황이라는 것을 깨달을 수 있었다.

한계에 임박했다는 것은 엑스퍼트로서 오를 수 있는 최고의 경지에 도달했다는 뜻.

즉, 최상급의 경지에 올랐다는 것을 의미하고 있었다.

붉은 불꽃이 화려하게 피어오르며 클란의 검에 서린다.

그것이 클란이 이룩한 최상급 엑스퍼트의 성취였다.

검에 서린 붉은 불꽃을 지워버린 클란이 슈미드를 똑바로 바라보며 말한다.

"이것이 제 성취입니다."

"……대단하군요."

감탄이 절로 흘러나올 수밖에 없다.

설마 보름이라는 짧은 기간 동안 최상급 엑스퍼트의 경지에 도달할 줄이야.

단순한 의지만으로 불가능한 경지라는 것을 알고 있었기에 슈미드가 느끼는 놀라움은 무척 컸다.

"설마 최상급 엑스퍼트에 오를 줄 몰랐습니다."

"이것이 저의 의지이기 때문입니다."

놀라운 성취를 이뤄냈지만 클란은 담담하게 말한다.

황궁으로 가려면 최상급 엑스퍼트로도 부족하다는 것을 알고 있었으니까.

"이로써 저는 제 의지를 보였습니다, 주군."

그렇게 말을 하며 슈미드에게 시선을 고정하는 클란.

그것이 의미하는 것을 모를 슈미드가 아니었다.

하지만 아무리 그래도 그가 이런 성취를 이룰 것이라 몰랐기에 슈미드는 적잖게 당황하였다.

자신의 의지를 보였기에 이제 자신이 보답할 차례였다.

하지만 그를 데려가는 것이 과연 옳을까? 수백 명의 엑스퍼트가 우글거리는 황궁에?

그의 재능이라면 능히 로드의 경지에 오를 수 있다.

재능을 꽃피우지 못하게 만드는 것은 자신이 할 일이 아니다.

마음을 굳힌 슈미드가 클란을 바라보며 말한다.

"유감이지만 클란 경을 데려갈 수 없습니다."

"그게 무슨 말씀이십……."

클란의 말은 더 이상 이어지지 못했다.

슈미드의 손에 검은 불꽃이 일렁이더니 다크 블레이드가 생성되기 시작했던 것이다.

무어라 말을 하기도 전에 슈미드의 신형이 번개같이 튕겨져 나오더니, 그대로 클란에게 검을 휘두르기 시작한다.

파앗!

본능적으로 위험을 느낀 클란이 중심을 뒤로 한 채 슈미드의 공격과 정면으로 충돌하지 않고 물러선다.

뒤로 세 걸음 물러선 그는 당황의 감정을 담아 슈미드에게 말한다.

"주군!"

강한 기세가 실린 그의 목소리를 슈미드는 냉랭하게 끊어낸다.

"클란 경은 좀 더 높은 경지에 도달할 수 있습니다. 이런 나의 결정을 원망하지 마시길."

그 말과 함께 슈미드의 다크 블레이드가 번개같이 허공을 가르기 시작한다.

눈부실 정도로 빠른 일격을 맞이하게 된 클란은 입을 열 틈도 없이 슈미드의 공세를 막아내야 했다.

하지만 로드와 최상급 엑스퍼트의 차이는 무척 큰 것이었다.

채 세 번의 충돌이 일어나기도 전에 수세에 몰리게 된 클란은 다크 블레이드와 정면으로 충돌하고 말았다.

화르륵!

뛰어난 장인이 제작한 검이 마치 장난감처럼 부서져 버린다.

검을 잃은 클란이 뒤로 한 걸음 물러섰지만, 이미 슈미드는 두 걸음 이상 다가와 그의 지척에 접근한 상황이었다.

"날 원망하지 마시길……."

냉정한 그 말과 함께 슈미드의 일격이 클란에게 향한다.

퍽!

"크으……."

다크 블레이드가 흩어지고 슈미드의 주먹이 클란의 복부 깊이 박혀 있었다.

장이 끊어지는 듯한 통증과 함께 클란이 눈을 부릅뜬 채 슈미드를 바라본다.

"당신의 재능은 너무나 안타까운 것입니다. 그 재능을 꽃피운 후 도움을 주는 것이 제게 있어 진정한 도움. 제가 만약 영원히 돌아오지 못하게 된다면 자칼과 딘을 도와 복수를 해주십시오. 이것이 당신이 해줄 수 있는 최선의 일입니다."

"그런 말도 안 되는……."

약속을 해놓고 지키지 않는 모습이라니!

클란은 억울한 표정을 지었지만 내부의 충격으로 인해 그대로 정신을 잃고 만다.

축 늘어진 클란의 몸을 붙들고 있던 슈미드가 한쪽을 바라보며 입을 연다.

"자칼."

그의 시선이 향한 곳에 한 사람이 모습을 드러낸다.

회색 머리를 가진 청년, 자칼이 굳은 표정을 한 채 모습을 드러낸 것이다.

자칼은 큰 충격을 받았다.

방금 전 클란이 보인 무위는 엑스퍼트 중 최소 상급, 아니 틀림없는 최상급의 경지가 분명했다.

현재의 자신은 감히 넘볼 수 없는 지고한 경지 그 자체.

그런 경지에 오른 클란을 슈미드는 단 세 번의 공격으로 무력화시켰다.

그것도 전력을 발휘하지 않은 채 아주 간단히.

내심 그에게 도움을 줄 수 있지 않을까 싶던 마음이 산산조각 나는 순간이 아닐 수 없다.

'나는 약하다.'

절실하게 그것을 깨닫는 순간, 자칼은 황궁으로 따라갈 일말의 가능성마저도 놓아버릴 수밖에 없었다.

"클란 경이 설마 최상급 엑스퍼트에 오를 줄은 몰랐지. 하지만 그것으로도 약하다는 것이 나의 생각이다. 장래에 로드의 경지에 도달할 그를 죽음의 자리로 끌어들일 수 없는 노릇."

"깨어나면 마스터를 원망할 것입니다."

"그래도 할 수 없지. 어차피 일은 끝난 후일 테니."

그러면서 입가에 미소를 짓는 슈미드였다.

자신에게 간단하게 제압당한 것은 최상급 경지에 오른 클란에게 있어 큰 충격일 것임이 분명했다.

"데려가라."

"지금 떠나실 생각이십니까?"

"그래야겠지."

자신이 준비를 마치면 곧바로 떠나는 형태였다.

살짝 고개를 끄덕이며 긍정을 표한 슈미드가 기절한 클란을 자칼에게 내민다.

그를 받아든 자칼은 슈미드를 향해 고개를 깊게 숙인다.

"부디 다시 뵐 수 있길."

"그러면 좋겠네. 나도 제자의 성장을 보고 싶으니."

그렇게 말을 한 슈미드가 몸을 돌린다.

이별이 짧아야 아쉬움도 적은 법. 블랙 소울에서 동료들이 죽거나 다칠 때 그 진리를 깨우쳤기에 슈미드는 망설임 없이 몸을 돌렸다.

그때, 슈미드의 귀에 딘의 목소리가 들렸다.

"마스터! 아니, 스승님! 부디 꼭! 돌아오셔야 해요."

멈칫.

몸을 돌린 슈미드의 눈에 딘의 모습이 들어온다.

그가 자신을 스승이라 부른 것은 이번이 처음이다.

그것을 깨달았지만 슈미드는 내색하지 않은 채 입가에 미소를 지어 보이고는 고개를 끄덕인 뒤 발걸음을 옮겼다.

"……."

멀어지는 슈미드의 모습을 쫓으며 자칼은 입을 굳게 다물고 있다.

그의 모습이 눈에 들어오지 않을 무렵, 슈미드의 뒤를 쫓던 자칼이 나직한 목소리로 중얼거린다.

"꼭 돌아오시길…… 스승님."

그에게 있어 슈미드는 강해질 수 있는 기회를 준 은인이자, 하나뿐인 스승이었다.

*　　*　　*

연무장을 벗어난 슈미드가 향한 곳은 저택 입구였다.

그곳에는 첸과 나렌샤, 셰드로 공작이 자리하고 있었다.

그들이 먼저 나와 있는 것을 본 슈미드는 고개를 숙여 정중하게 사과했다.

"늦어서 죄송합니다."

"그럴 수도 있지. 그래, 인사는 다 나눈 것인가?"

웃음 지으며 묻는 첸의 모습에 슈미드가 고개를 끄덕였다.

"예."

"……."

슈미드가 늦어 나무라려던 셰드로 공작은 입을 다물 수밖에 없었다.

첸은 너그러이 인정해주었는데 무어라 말을 하자니 자신만 나쁜 인간인 느낌이 들지 않는가.

이상하게도 첸의 앞에서 묘하게 위축되는 느낌을 받았으니까.

겉모습만 하여도 자신보다 젊었지만 그가 말하는 모습이나 행동을 보면 자신보다 훨씬 나이가 많은 것처럼 느껴졌다.

무엇보다 충격적인 것은 그의 실력이 대략 어느 정도인지 눈치챌 수 없다는 점이었다.

'나보다 강하다는 건가?'

인정하기 힘들었지만 그의 힘을 파악할 수 없었으니 그런 느낌이 드는 것은 당연했다.

단번에 인정하기에는 자신의 자존심이 너무나 높았다.

'황궁에서 지켜보겠다.'

누구에게도 패하지 않을 것이란 자존심이 있었기에 자세한 것은 눈으로 확인하겠다고 미루는 셰드로 공작.

그가 생각에 잠긴 사이, 첸의 말이 이어지고 있었다.

"황궁으로 매스 텔레포트를 이용할 거라네."

"매스 텔레포트를? 도와주는 마법사가 있는 것입니까?"

홀로 생각에 잠겨 있던 셰드로 공작이 놀라며 묻는다.

그만큼 매스 텔레포트는 고위 마법에 속하는 것이었다.

기사의 왕국이라 불리는 라이오스 왕국은 상대적으로 마법 수준이 낮아 7단계에 속하는 마법사가 거의 없는 실정이다.

그렇기에 텔레포트 마법이 활성화되어 있지 않았으며, 헬카드 제국이나 카늘 마법왕국에서 들여오는 텔레포트 스크롤의 가격은 천문학적인 수준이다.

유리나를 걱정하여 구매한 텔레포트 스크롤 한 장의 가격이 작은 영지 하나를 사고도 남을 정도로 고가의 가격이 아니었던가.

셰드로 공작의 물음에 첸이 고개를 좌우로 저으며 말한다.

"아닙니다, 제가 직접 시전할 것입니다."

"혼자서 가능하시다는 이야기입니까?"

매스 텔레포트를 개인이서 시전하려면 최소 8단계 마법사여야 가능한 일이다.

그것이 가능하다니, 놀라워서 말이 나오지 않을 지경이었다.

놀란 기색이 역력한 셰드로 공작의 말에 첸이 미소 지었다.

"허허, 그건 지켜보시면 알게 될 듯싶군요."

그러면서 슈미드에게 시선을 주자, 그도 고개를 끄덕인다.

"그럼 가도록 하지요. 왕도 자체에서 고위 마법 시전은 불가능하니 왕도 외곽으로 나간 뒤에 시전해야겠습니다."

"그렇게 하도록 함세."

고개를 끄덕여 동의를 표한 일행이 곧장 저택을 벗어났다.

왕도 외곽으로 벗어난 그들은 인적이 드문 곳으로 향했다.

평평한 대지에 도착한 첸이 눈을 감은 채 손을 뻗더니, 무언가를 중얼거리기 시작한다.

우우웅!

첸의 손에 기이한 문양이 생겨나더니, 그것은 곧바로 대지 위에 새겨지기 시작한다.

틀림없는 마법진이었다.

마법사들도 그토록 그리기 어렵다던 마법진을 간단하게 그려내는 걸 보자, 할 말을 잃은 셰드로 공작.

"이건……."

"매스 텔레포트 마법진입니다. 곧장 시전하도록 할 테니 위로 올라가시지요."

그 말을 들은 슈미드와 나렌샤가 한 치의 망설임 없이 마법
진 위로 올라갔고, 셰드로 공작도 잠시 멈칫하다 마법진 위에
올라선다.

마법진 위에 올라선 그들을 보며 첸이 말한다.

"곧장 뒤따라갈 테니 그 자리에 있길."

그 말을 끝으로 그들이 올라선 마법진이 은은한 보랏빛을
발하며 활성화되기 시작했다.

우우웅! 스파앗!

보랏빛 기류에 휩싸인 그들의 몸이 흔적도 없이 그대로 사
라졌다.

"이제 시작이군."

홀로 남은 첸은 눈을 빛낸 뒤 본격적으로 캐스팅을 하기 시
작했다.

도착 지점은 황궁 외곽.

그의 몸에 새하얀 기류가 일렁이기 시작하더니, 이내 빛이
폭사됨과 동시에 첸의 신형 또한 모습을 감춘다.

*   *   *

매스 텔레포트로 이동한 그들이 도착한 곳은 인적이 드문
산속이었다.

한눈에 보아도 사람의 기척이 전혀 느껴지지 않아 셰드로 공작이 주변을 둘러보다 슈미드에게 묻는다.

"여기가 어딘지 알고 있나?"

슈미드는 주변을 둘러보다가 입가에 미소를 지으며 말한다.

"잠시 후에 첸 님이 도착하시면 알려주실 것입니다."

알고 있는 것처럼 말하면서 알려주지 않자 셰드로 공작이 표정을 찌푸렸지만 슈미드는 여전히 미소만 짓고 있을 뿐이었다.

잠시 후, 그들과 멀리 떨어지지 않은 곳에 새하얀 기류가 일렁이더니 한 사람이 모습을 드러낸다.

바로 첸이었다.

텔레포트 한 첸은 일행을 발견하자 주변을 스윽 둘러보더니 고개를 끄덕인다.

"음! 텔레포트는 성공적이군."

"이곳은 어디입니까?"

"황도에서 하루 정도 떨어진 곳입니다. 여기에서 남쪽으로 하루 동안 내려가면 황도가 나옵니다."

현재 황도 전역에 막강한 마법 방해진이 펼쳐져 있기에 하루거리를 두고 이동한 것이다.

또한 홀로 황도를 공략할 계획이 아니었기에 중간에 합류할 시간도 필요했고.

"그렇군요."

황도에서 멀리 떨어지지 않은 곳이란 이야기에 셰드로 공작이 다소 놀란 표정을 지었다.

설마 이렇게 먼 거리를 단번에 이동할 것이라고는 상상도 못했으니까.

"이제 계획이 어떻게 되는 겁니까?"

"그건 저쪽이 더 잘 알고 있을 듯싶습니다. 구체적인 계획은 모두 그가 세웠습니다."

첸이 가리킨 사람은 다름 아닌 슈미드였다.

셰드로 공작의 시선이 향하자, 미소 지은 슈미드가 상황을 설명하기 시작한다.

"황도를 공략하는 것은 약 삼 일 후가 될 듯싶습니다. 공작 전하께서 짐작하신 것처럼 황도를 저희들끼리만 공략하는 것은 아닙니다. 암흑 왕국의 여제와 마왕의 기사, 암흑 기사단이 합류할 예정입니다."

이 부분에 대해서 슈미드가 설명한 적이 있다.

그들의 존재는 두 명의 로드를 압도하고도 남으며, 근위기사단과 일전이 가능하기에 계획에 있어 상당한 비중을 차지한다 해도 과언이 아니다.

더 설명을 바라는 눈으로 슈미드를 재촉하자, 슈미드가 설명을 이어나간다.

"제가 정보 길드와 밀접한 관련을 맺고 있는데, 그들에게 부탁하여 암흑 왕국의 인물들에게 합류할 것을 요구하였습니다. 현재 암흑 왕국의 여제와 그녀를 따르는 자들은 레카르밀 공작령에 주둔하고 있습니다."

구체적인 이유는 알지 못하나, 그들이 그곳에 머물면서 빠른 속도로 암흑 왕국 영토화시키고 있다는 정보를 전달받은 상태였다.

"마왕이 배신을 하지 않으려나?"

셰드로 공작이 가장 불안해하는 요소였다.

바로 암흑 왕국 인물들의 배신 여부!

그 힘에 대해서 의심할 여지가 없으나 가장 중요한 것은 배신 여부였다.

그들을 믿고 있다 뒤에서 칼을 맞게 되면 그것이 가장 큰 타격이 될 테니까.

"그 부분에 대해서는 안심하셔도 좋습니다. 그들은 우리와 다른 부분을 맡게 될 테니까요."

이미 염두에 두고 있는 부분이기에 대책을 세워놓은 상황이다.

"그렇다면 믿을 수 있겠지."

슈미드가 자신 있게 말하는 모습을 보자 일단 의심을 접어넣는 셰드로 공작이었다.

그의 말마따나 분리되어 각자 공략한다면 유기적인 협력이 불가능한 대신 각자의 기량만 발휘하면 될 테니까.

믿지 못하는 아군과 함께 등을 맞대고 전투를 한다는 것부터가 이미 전력이 감소하는 행위였다.

"이제 이곳에서 기다리며 암흑 왕국 인물들과 합류하면 됩니다."

"약속 장소가 이곳인가?"

"그렇습니다. 이곳은 황도 북부에 위치한 숲으로, 이름만 대면 알 정도로 유명한 곳이기에 이곳에서 합류하기로 합의를 본 상황입니다."

"그렇군."

고개를 끄덕이는 셰드로 공작의 모습을 보며 슈미드는 주먹을 움켜쥐었다.

카엘라의 몸을 빼앗은 클로라이네를 다시 보게 되다니 자신도 모르게 힘이 들어가기 시작한 것이다.

'반드시 누나를 되찾아야 한다. 부디 그 가능성이 들어맞기를……'

일말의 가능성에 모든 것을 걸고 단 한 번의 기회를 노리는 슈미드였다.

*　　　*　　　*

슈미드 일행은 숲에서 하루 노숙을 하였다.

숲의 종족 나렌샤의 안내를 받아 노숙하기 적합한 곳에 도착한 그들은 각자의 시간을 보내며 하루를 보낼 수 있었다.

마법의 주머니에 필요한 물품들을 준비해왔기에 노숙을 하는 데 있어 어려움은 없었다.

이른 시간에 잠이 든 첸은 아침 일찍 일어나 생각에 잠겨 있었다.

'분명 그 아이를 놓친 것은 황궁이었다.'

자신의 후계자로 키우던 아이가 자미에르 대제와의 대결 이후 사라졌다.

당시 자신은 황실 마탑에서 텔레포트로 탈출을 시도하던 순간인데, 자미에르 대제의 발 빠른 공격에 큰 타격을 입으며 품 속에 있던 무언가를 떨어뜨렸다.

그것이 무엇인지 몰랐지만 무사히 장소를 벗어난 뒤 무엇을 떨어뜨렸는지 알 수 있었다.

자신이 떨어뜨린 것은 다름 아닌 자신의 후계자로 생각하던 아이였다.

'아직 덜 성숙되었다. 세상에 나오기에는 이른데……'

그가 염려하는 부분은 바로 그것이었다.

오백여 년 동안 검은색 구로서 세상의 지식을 습득하고 완벽한 힘을 갖춘 채 태어나는 거울의 종족은 존재 자체를 갖추기 전의 단계가 무척 중요하였다.

첸의 후계자는 몇 남지 않은 거울 종족의 왕이 될 운명이다.

그런 만큼 그가 추후 중간계의 조율자로서 완벽하게 자라나길 바라고 있었고, 세상 각지를 돌아다니며 거울의 종족으로서 경험을 쌓고 그것을 보여주었다.

약 삼백여 년 동안 그렇게 경험을 쌓게 해주었기에 남은 이백 년 동안은 힘을 갖추는 시기가 되어야 하는데, 자미에르 대제의 일격에 당한 뒤 그를 잃어버린 것이다.

뼈아픈 실책이 아닐 수 없다.

아직 완벽하게 성숙하지 않은 채 존재를 갖추게 되면 무슨 짓을 저지를지 모른다.

자신의 후계자는 유약하다 불리던 자신과 정반대의 성향을 가지고 있었으니까.

'반드시 찾아야 한다. 반드시…….'

자미에르 대제가 발견하지 못하길 바라며 간절히 기원하는 첸이었다.

거울의 종족의 마지막 희망과도 같은 존재가 사라지길 바라지 않았으니까.

"오는군요."

아침 일찍 일어나 각자 준비를 마친 그들은 약속 장소에 일찌감치 도착하여 암흑 왕국 인물들과의 합류를 기다리고 있었다.

숲의 입구에 선 슈미드가 중얼거리자, 모두가 고개를 끄덕이며 전방을 주시한다.

그들의 시선이 향한 곳에는 검은색 일색의 다크 스티드에

탑승한 기사들이 달려오고 있었다.

두두두두.

암흑 기사들의 호위 속에 네 마리의 다크 스티드가 이끄는 마차 한 대가 달려오고 있었다.

선두에는 강렬한 기세를 뿌려대는 그렉스가 자리하고 있었으며, 그 뒤로 백 명의 암흑 기사단이 물샐 틈 없이 마차를 감싸고 있었다.

"오랜만이군."

가장 앞에 선 그렉스가 으르렁거리는 어조로 입을 열었다.

그는 아직도 아드리온 공작가에서 일어났던 대결을 잊지 않고 있었다.

한순간이지만 자신이 밀렸던 그 치욕적인 순간을.

그로부터 몇 달도 되지 않았지만 자존심이 강한 그렉스에게 있어 일 분이 몇 년처럼 느껴지던 시간이었다.

그의 말 속에 내재된 적의를 느낀 슈미드가 피식 미소를 지으며 대답한다.

"그러게 말입니다. 참으로 오랜만이군요."

"알긴 아는군. 이번에는 여제 폐하와 합의가 되었기에 나서지 않는다만 목적을 이룬 후 너의 목을 베는 것은 바로 내가 될 것이다."

암흑 왕국 내에서 가장 호전적이라 평가받는 인물인 만큼 자신에게 한 수 손해를 입힌 슈미드를 그냥 돌려보낼 리 없다.

적의가 듬뿍 담긴 그의 말에 슈미드는 입가에 미소를 더욱 짙게 띠며 말한다.

"목적을 이룬 후라…… 그때가 되면 상대해 드리도록 하지요. 하지만 암흑 왕국의 환경을 제공받지 못하는 당신은 제 상대가 될 수 없습니다."

"뭐라?"

눈썹을 꿈틀거린 그렉스의 전신에서 진한 살기가 뿜어져 나오기 시작했다.

하지만 그 정도 살기는 익숙하였기에 슈미드는 아무렇지도 않게 받아낸다.

셰드로 공작은 슈미드에게 적의를 뿌리는 그렉스를 바라보며 눈을 빛냈다.

'저자가 바로 마왕의 기사 그렉스로군.'

암흑삼공에 대해서 모르는 사람은 없다 해도 과언이 아니다.

막강한 힘을 지닌 그들 개개인 무위는 마스터, 세이지에 비견될 정도라는 걸 누구나 알고 있으니까.

특히 암흑 왕국 영토 내(內)에서 발휘되는 그들의 힘은 마스터를 뛰어넘는다는 평가를 받고 있다.

남쪽에 위치한 라이오스 왕국과 서쪽의 암흑 왕국은 충돌한 적은 없지만 가까이 있는 만큼 서로에 대해 정보를 얻어둔 상태였다.

그렉스의 전신에서 뿜어지는 강렬한 기세에 셰드로 공작은 고개를 나직이 끄덕였다.

'저 정도라면 충분히 맞대결이 가능하겠어.'

전력을 쉽게 짐작할 수 없지만 충분히 마스터에 견줄 수 있는 힘을 지니고 있다는 걸 느낄 수 있었다.

만약 소문이 사실이라면 저자는 암흑 왕국 내에서 배에 달하는 힘을 발휘할 수 있을 테고, 그것은 마스터를 압도하는 신위일 것임이 분명했다.

무엇보다 셰드로 공작의 눈길을 잡아끈 것은 암흑 기사들이었다.

여제를 호위하는 친위 기사단으로서 그 실력이 대단하다는 것이 알려져 있기는 했지만 단 백 명의 기사로 오대 공작가 중 한 곳인 레카르밀 공작가를 무너뜨렸으니 그 강함은 상상을 뛰어넘는 것이었다.

슈미드에게 적의를 드러내는 그렉스를 보며 셰드로 공작이 생각에 잠겼을 때, 암흑 기사 한 명이 조심스럽게 마차 문을 열었다.

그와 함께 모습을 드러내는 한 여인.

숨 막히는 강력한 염기를 뿌려대는 여인의 모습에 셰드로 공작의 눈에 파문이 일어나기 시작한다.

'저건……'

그녀의 매력은 치명적이었다.

보는 순간 가슴이 두근거리는 것을 느낀 셰드로 공작은 반사적으로 마나를 끌어올려 자신의 마음을 차분하게 만들기 시작하였다.

빠르게 대처하여 더 이상 그런 현상은 일어나지 않았지만 한순간 가슴을 서늘하게 만드는 순간이 아닐 수 없었다.

그렇게 모습을 드러낸 은발의 여인은 암흑 왕국의 여제, 클로라이네였다.

그녀를 중심으로 암흑 기사들이 좌우로 갈라지기 시작하였다.

앞으로 발걸음을 옮기며 클로라이네가 그렉스에게 말한다.

"그렉스, 그만하도록. 지금만큼은 서로 협력한 사이라는 걸 잊지 말도록."

"죄송합니다, 여제시여."

클로라이네의 말을 듣는 순간 한 걸음 뒤로 물러나며 적의를 단번에 갈무리하는 그렉스였다.

그를 제압하는 모습에 셰드로 공작이 눈을 빛내며 클로라이네를 바라본다.

보는 것만으로도 숨이 막힐 정도로 아름다운 외모를 지닌 그녀는 성숙한 여인의 치명적인 아름다움을 그대로 드러내고 있었다.

은으로 짜낸 듯한 은발과 미의 여신을 그대로 빚어놓은 듯한 아름다운 외모.

처음 보는 얼굴이지만 셰드로 공작은 익숙함을 느껴야만 했다.

'어디선가 본 얼굴인데······.'

그녀의 얼굴을 보며 의아함을 느끼던 셰드로 공작은 슈미드의 얼굴이 굳어 있는 것을 볼 수 있었다.

언제나 미소를 잃지 않던 그의 모습을 감안하면 이상한 현상이 아닐 수 없다.

'아니, 잠깐만.'

슈미드의 얼굴을 보는 순간 셰드로 공작은 자신이 느끼던 익숙함이 무엇인지 깨달을 수 있었다.

은발부터 시작하여 이목구비가 전체적으로 닮아 있던 것이다.

마왕과 슈미드가 닮아 있다니?

의아함이 더욱 증폭되는 것을 느꼈다.

그러나 셰드로 공작의 생각은 더 이상 이어지지 못했다.

모습을 드러낸 클로라이네가 입을 열었던 것이다.

"약속을 지켰군."

"허허, 사악한 마왕도 약속을 지키는데 우리라고 어길 수 없지 않은가."

"자신에게 자부심을 가지고 있는 존재의 말은 무거운 법. 내가 사악한 마왕이라고 하여 약속을 어길 줄 알았나?"

"그건 아니지. 절망의 여제 클로라이네는 사악한 마왕이지만 제법 신용이 있는 존재니까."

"그대가 인정해주니 특별히 더 고맙군. 마계를 그토록 어지럽힌 존재들을 이끌던 왕의 인정이라……."

"……."

비꼬는 의미가 담긴 클로라이네의 말에 표정을 굳히는 첸이었다.

마계로 건너가 마왕의 자리를 차지한 동족들을 언급하며 이렇게 비꼴 줄 몰랐다.

굳어진 첸의 모습을 보며 피식 미소를 지은 클로라이네가 말한다.

"그때의 제안은 아직도 유효하다. 마음 같아서는 지금 당장 소멸시켜주고 싶지만…… 마왕의 약속은 누구도 깰 수 없을 만큼 무거운 법이다. 황궁을 함락시킬 때까지 협력은 유효할 것이다."

슈미드가 클로라이네에게 제안했던 것은 간단했다.

바로 황궁 함락에 서로 협력할 것.

전력을 되찾을 경우 황궁을 함락하는 것은 간단했지만 자신이 필요 이상의 힘을 발휘하게 되면 드래곤을 불러들이는 결과를 초래할 수 있다.

모든 힘을 되찾더라도 드래곤의 존재는 제법 부담스럽다.

하나가 아닌, 다수의 개체가 협공한다면 제아무리 전력을 되찾는다 하더라도 역소환을 당할 수밖에 없을 테니까.

그녀가 중간계에 강림한 것은 자신의 힘을 더욱더 강하게 하기 위함이지, 역소환 당하기 위한 것이 아니었다.

오죽하면 마계의 부하들도 데려오지 않은 채, 본신의 힘을 모조리 끌어들였겠는가.

모든 힘을 끌어온 지금 상태에서 역소환 당하게 되면 엄청난 타격을 입고 대부분의 힘을 잃을 것이 분명했기에 그녀는 조심스러울 수밖에 없다.

이미 다수의 드래곤이 자신을 주시하고 있는 것을 알고 있었으니까.

드래곤을 불러들이지 않기 위해서는 다른 존재들이 힘을 발휘하는 것이 좋다.

적의 적은 동료라는 말이 묘하게 맞아떨어진 상황이라 할 수 있다.

"약속을 지킨다니 다행이로군요."

담담하게 말하는 슈미드는 어느새 굳은 안색을 풀어놓은 후였다.

하지만 여전히 흔들리고 있다는 것을 알고 있었기에 클로라이네는 묘한 미소를 지으며 말한다.

"훗! 평정이 여지없이 흔들리는 눈이로군."

"……"

"일말의 가능성에 희망을 걸고 있을지 모르나 포기하라는 말을 해주고 싶은걸? 이미 네 누나의 정신은 깊숙한 곳에 영원히 재워둔 상태니까."

중요한 순간마다 방해를 하는 카엘라의 정신을 클로라이네는 오랜 시간을 들여 거의 완벽하게 제압해놓았다.

그녀의 정신 자체를 소멸시킬 수도 있지만 그렇게 할 경우 본체에도 상당한 충격이 오고, 그녀가 불러들인 힘의 일부를 잃을 수도 있다.

그렇기에 다시는 활개 치지 못할 정도로 밀어두었다.

설사 자신이 역소환 되더라도 그녀의 정신이 이전처럼 활동하려는 일은 없을 것이다.

"큭!"

자신의 생각을 정확하게 꿰뚫어 보는 듯한 클로라이네의 말에 슈미드가 표정을 찌푸렸다.

그 모습을 즐기듯 바라보던 클로라이네가 문득 셰드로 공작에게 시선을 둔다.

마왕의 눈을 마주한 순간, 셰드로 공작은 전신을 압박하는 기세에 눈살을 찌푸리며 자신 또한 강한 기세를 뿜어내기 시작했다.

클로라이네의 입가에 매혹적인 미소가 걸렸다.

"호오, 고전적인 수련을 거친 인간이로군. 제법 강한 기세를 지니고 있어."

"대륙에 분란을 가지고 오는 마왕에게 들으니 그리 유쾌하지 않군."

날이 선 셰드로 공작의 어조에 암흑 기사들이 일제히 진한 살기를 내뿜기 시작했다.

백 명의 기사가 뿜어내는 살기의 폭풍은 전신이 저릿할 정도로 강한 기세였다.

몸이 저릿할 정도로 매서운 기세에 셰드로 공작의 눈썹이 꿈틀거렸다.

결코 성격이 좋지 못한 그는 대놓고 걸어오는 시비를 웃으며 넘어가 줄 정도로 너그럽지 않았다.

"감히."

인간의 감정을 갉아먹는 사악한 종자들이 자신에게 살기를 내뿜다니.

콰콰콰!

심기가 불편한 것을 그대로 드러내자, 강렬한 기세가 셰드로 공작을 중심으로 뿜어지기 시작하였다.

"호오?"

셰드로 공작의 기세를 본 클로라이네 입가에 묘한 미소가 걸린다.

강렬한 살기가 내포된 셰드로 공작의 기세가 빠른 속도로 암흑 기사들을 잠식할 무렵이었다.

한 사람이 셰드로 공작 앞을 막아섰다.

그 정체는 다름 아닌 그렉스였다.

그가 정면으로 막아서자, 셰드로 공작의 기세가 그렉스와 충돌하더니, 그대로 튕겨 나가기 시작한다.

마스터의 기세를 겪은 그렉스가 입가에 진한 미소를 지어 보이며 말한다.

"마스터라 불리는 족속인가."

"마왕의 종자가 감히……."

"누구에게 '감히'라고 하는 건가."

그렉스도 마주 보며 기세를 뿜어내려 할 때 그의 앞을 막아선 인물이 있었다.

슈미드가 그들의 충돌을 미연에 방지하고자 나선 것이다.

두 사람 사이에 끼어든 슈미드가 좌우로 시선을 옮기며 말한다.

"지금은 우리들끼리 싸울 때가 아니지 않습니까?"

"……."

황궁을 함락하기 전까지는 서로 힘을 합치기로 한 상태였다.

그런 만큼 다툼을 일으키는 것은 각자에게 좋지 못한 법.

셰드로 공작은 자신이 함께한 것이 황궁을 습격하기 위함이지, 암흑 왕국의 종자들과 싸우려는 것이 아니었기에 한 걸음 뒤로 물러서는 기색이었다.

"이 녀석이나, 저 녀석이나 마음에 들지 않는군."

표정을 한껏 찌푸린 그렉스는 여전히 기세를 거두지 않았다.

오히려 슈미드에게 도전적인 기세를 뿜어내고 있었으니까.

그를 제지할 사람은 오직 클로라이네뿐이었다.

가만히 대치 상태를 지켜보고 있던 클로라이네가 입을 열었다.

"그만. 물러나라, 그렉스."

"명을 받듭니다, 여제시여."

고개를 깊게 숙인 그렉스가 뒤로 물러난다.

슈미드의 시선이 클로라이네에게 향하자, 그녀는 입가에 미소를 띤 채 말한다.

"각자 목적이 있는 만큼 충돌할 필요는 없겠지. 곧장 황도로 진격할 생각인데 어떻게 생각하나?"

"동의하는 바입니다. 하지만 황도에 있는 백성들을 학살해서는 안 됩니다."

마왕이 인간의 마이너스 감정을 바탕으로 힘을 축적한다는 것을 잘 알고 있는 슈미드였다.

그가 용납하는 것은 어디까지나 황궁의 습격이었지, 황도의 백성들을 학살하는 것이 아니었다.

"그렇게 하도록 하지. 인간들을 학살하는 것은 내 성미에 어울리지 않으니까."

단기적으로 힘을 늘리는 데는 그것이 좋은 방법이지만 드래곤의 주시를 받고 있는 지금, 자제해야 할 필요가 있었다.

클로라이네가 순순히 수락하자 슈미드도 더 이상 무어라 할 이유가 없었다.

고개를 나직이 끄덕인 그가 말했다.

"그럼 곧장 황도로 향하도록 하지요."

"이동 속도가 맞지 않는군. 빌려주도록 하지."

허공을 향하 가볍게 손짓을 하자 공간이 찢어지더니, 네 필의 다크 스티드가 거친 콧김을 내뿜으며 모습을 드러냈다.

푸르르!

"타도록. 걸어서 하루가 걸리는 거리를 다섯 배 이상 줄여줄 수 있을 테니."

다크 스티드는 죽은 말이 부활한 언데드였기에 지치지 않으며, 일반 준마보다 빠르다.

슈미드와 셰드로 공작, 첸은 다크 스티드에 타는 것이 가능했지만 하이엘프인 나렌샤와는 상성이 맞지 않았다.

인상을 살짝 찌푸린 그녀는 다크 스티드를 거절하였다.

"저는 됐어요."

"거절한다면 어쩔 수 없지. 하지만 이동 속도는 늦추지 않을 것이다."

"잘 따라갈 수 있으니 걱정하지 마세요."

그녀와 마왕의 상성은 최악이었기에 나렌샤는 인상을 찌푸린 채 말하고 있었다.

클로라이네 또한 하이엘프와는 상성이 좋지 않았기에 매혹적인 미소를 보이지 않았고.

가볍게 손을 젓자 다크 스티드 한 마리가 그대로 소멸된다.

그 후 망설임 없이 몸을 돌린 그녀가 마차에 탑승하며 명령을 내린다.

  "목표는 황궁. 빠른 속도로 진격하여 단숨에 제국의 심장을 취한다."

  "명을 받듭니다. 모두 황궁으로 진격한다."

  그렉스의 외침과 함께 암흑 기사단이 본격적으로 움직임을 보이기 시작하였다.

  슈미드 일행은 앞서 가는 암흑 왕국 인물들을 바라보다 그 뒤를 따라 이동했다.

제**8**화
정신계 부대

Dark
Blaze

암흑 왕국의 움직임은 곧바로 황궁에 전달되었다.

정보부 요원들이 본격적으로 움직이며 암흑 기사단의 진격을 실시간으로 보고하기 시작했다.

"암흑 왕국이 움직였습니다, 폐하."

"암흑 기사단이 움직였단 말인가."

"예, 폐하."

고개를 깊게 숙인 정보부 요원이 대답하자, 자미에르 대제는 잠시 생각에 잠겨 있다 묻는다.

"그들뿐이던가?"

그렇게 묻는 것에는 이유가 존재한다.

자미에르 대제는 암흑 기사단이 아드리온 공작을 습격했을 때 슈미드가 등장한 것은 우연이 아니라고 생각했다.

아드리온 공작가에서 슈미드가 암흑 왕국 인물들과 접전을 벌였다 하나 문제는 그 후였다.

슈미드가 아드리온 공작을 꺾었다면 암흑 기사단의 입장에서 최상의 상황을 맞이한 셈이다.

그것을 염두에 두고 있었기에 자미에르 대제는 테베로즈 후작을 비롯한 근위기사들을 파견한 것이고.

그런데 암흑 왕국은 끝까지 아드리온 공작가를 습격하지 않았다.

오히려 레카르밀 공작령까지 물러나 그곳의 통치권을 굳히는 데 최선을 다한다.

자신의 예상이 어긋났기에 자미에르 대제로서는 달갑지 않은 소식이었다.

아니나 다를까, 그의 물음에 정보부 요원이 곧바로 대답하였다.

"아닙니다. 암흑 기사단을 비롯하여 같은 편으로 보이는 삼남일녀가 진격하고 있는 것으로 보고되었습니다."

"그렇군."

그들 중 슈미드와 첸이 있다는 것을 직감적으로 알아차릴 수 있었다.

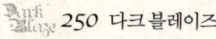

아드리온 공작을 죽인 후 슈미드 어디론가 사라졌다더니, 모종의 협약이 이루어졌으리라.

"가령 같이 황궁을 습격한다거나."

자미에르 대제는 자신의 생각을 확신하고 있었다.

혼자 힘으로 어렵다면 비슷한 목적을 지닌 암흑 기사단과 힘을 합치는 것이 황궁을 함락하기에 수월할 테니까.

자신이 제국의 힘을 황궁에 집중한 것이 한몫했으리라.

모든 일이 자신의 생각대로 진행되려 하자, 그의 입가에 절로 미소가 지어졌다.

"후후, 한 번에 걸려든 것인가."

암흑 기사단의 존재는 무척 까다로운 것이었다.

특히 마왕은 기존의 로드조차 감당할 수 없는 강력한 신위를 보여주었다.

예로부터 마왕은 다수의 드래곤이 합공하지 않으면 물리칠 수 없는 강력한 존재로 불려 왔다.

로드가 두셋은 있어야 드래곤 한 마리를 겨우 상대할 수 있을 정도였다.

그런 드래곤이 다수 달려들어야 하는 마왕을 단신의 몸으로 상대할 수 있는 존재는 자신뿐이다.

하지만 제국의 황제인 자신이 친정을 떠나기 힘든 상황이다.

레카르밀 공작에 이어 아드리온 공작까지 죽임을 당한 지금. 탐욕스러운 귀족들이 권력의 공백을 호시탐탐 노리고 있었으니까.

그 권력의 공백을 자신이 흡수하기 위해 세 공작을 불러들여 귀족들이 함부로 나서지 못하게 하였다.

덕분에 황제의 엽견이라 불리는 글레이드 공작의 권력이 급속도로 커지고 있는 상황이었다.

"실력은 부족해도 된다. 하지만 말을 잘 들어야겠지."

자신의 힘이 줄어들면 언제든지 물어뜯을 글레이드 공작이지만 지금 상황에서는 그저 탐욕스러운 귀족 중 하나에 지나지 않았다.

무척 쓸모가 많으면서 언제든지 버릴 수 있는 그런 패.

홀로 중얼거리던 자미에르 대제가 정보부 요원에게 시선을 주며 말한다.

"그 삼남일녀 중 슈미드가 있을 것이다."

"슈미드 말입니까?"

화들짝 놀란 표정을 지은 정보부 요원이었다.

자미에르 대제의 생각을 알 리 없는 그로서는 슈미드가 암흑 기사단과 함께한다는 것 자체가 충격적이었다.

설마 서로 손을 잡았단 말인가?

"클로라이네와 모종의 거래가 있었을 테지. 그 부분에 중점을 두고 그의 정체를 확인하는데 모든 심혈을 기울여라."

"예, 폐하."

고개를 깊게 숙인 정보부 요원이 그대로 물러난다.

그 모습을 조용히 바라보고 있던 자미에르 대제가 시종장을 부른다.

"페르비야 백작을 불러라."

페르비야 백작은 자미에르 대제가 이십 년 전 비밀리에 조직한 부대의 대장직을 맡고 있는 인물이었다.

그의 존재를 알고 있는 자들은 제국을 통틀어 채 열 명도 되지 않았으니까.

황제가 마련한 모처에서 수련에 수련을 거듭하고 있는 그 부대는 자미에르 대제의 숨겨진 힘이라고 할 수 있다.

"예, 폐하."

대답과 함께 물러나는 시종장.

잠시 후, 명령이 그대로 전달되었는지 페르비야 백작이 모습을 드러내며 한쪽 무릎을 꿇은 채 공손하게 예를 취한다.

"폐하를 뵈옵니다."

사십대 초반의 나이인 페르비야 백작은 잘생긴 외모를 지니고 있지만 표정이 전혀 없어 마치 감정을 상실한 사람인 것처럼 느껴졌다.

그의 어조 또한 무미건조하기 그지없어, 듣는 사람으로 하여금 소름이 돋게 만들었다.

자미에르 대제는 싱긋 미소를 지으며 그를 맞이하였다.

"어서 오라, 페르비야 백작."

"불러주셔서 영광입니다."

감정이 담기지 않은 페르비야 백작의 말은 듣는 사람에게 불쾌감을 심어줄 수 있는 것이었다.

하지만 자미에르 대제는 전혀 개의치 않고 오히려 입가에 미소를 짓고 있었다.

그가 어찌하여 그런 어조로 말을 하는 것인지 누구보다 잘 알고 있기에 그렇다.

"후후! 그동안 수련은 잘했는가?"

"폐하의 은덕으로 대원 전원이 엑스퍼트의 벽을 넘을 수 있었습니다."

공손하게 대답하는 페르비야 백작.

그 말을 듣자, 자미에르 대제는 크게 기뻐하였다.

"호오? 전원이 엑스퍼트의 벽을? 제국에 있어 큰 홍복이로다."

"모두 폐하의 은덕입니다."

"허허! 어찌 그것이 짐의 은덕이겠는가? 그대들이 일치단결하여 수련에 매진한 끝에 달성한 성취이거늘. 진심으로 축하하는 바이다."

그의 어조에는 진심이 담겨 있었다.

페르비야 백작은 고개를 더욱 깊게 숙이며 감사의 인사를 표할 뿐이었다.

"감사하옵니다, 폐하."

엑스퍼트의 경지에 도달한 능력자들은 황궁 내에만 오백 명을 훌쩍 넘는다.

어찌 보면 흔하디흔한 경지라 볼 수 있지만 자미에르 대제가 기뻐하는 이유는 간단했다.

페르비야 백작이 대장으로 있는 부대의 정체는 바로 전원 정신계 속성의 능력자들로 이루어진 집단이었던 것이다.

제국 각지에서 비밀리에 뽑혀온 정신계 속성 능력자들은 그 수가 삼백에 이르렀다.

그들에게 각각 고된 수련을 거듭하게 하여 자미에르 대제는 전원 엑스퍼트의 경지에 도달하게 하고자 하였다.

원소계, 정신계, 소수계 중 가장 강한 힘을 지닌 존재는 바로 정신계다.

하지만 그들의 지닌 힘은 아직 밝혀지지 않은 인간의 정신 분야여서 높은 성취를 이루는 것이 어려운 일이었다.

이례적으로 아드리온 공작가의 카엘라가 정신계로서 최상급 엑스퍼트의 경지에 올랐지만 다른 정신계 능력자들은 높은 경지에 도달할수록 버텨내지 못하는 경우가 많았다.

그랬기에 정신계 능력자들은 희귀하였지만 높은 경지에 도달하지 못하는 것으로 인식이 박혀 있었다.

삼백 명의 능력자는 자미에르 대제의 전폭적인 지원 아래 수련을 거듭하며 그가 계획한 모종의 프로젝트를 진행해나갔다.

허나, 정신계 속성이 지닌 치명적인 단점으로 인해 그들은 하나둘씩 죽어나가기 시작했고, 약 십 년이 흐른 지금 삼백 명

중 살아남은 인원은 불과 오십 명밖에 되지 않았다.

그 정도도 삼십 명 이하로 남을 것이라 생각하던 자미에르 대제의 예상보다 많은 숫자였다.

"그렇다면 대원 전체가 하나의 네트워크를 형성할 수 있겠군."

"예, 가능합니다."

페르비야 백작의 대답에 빙그레 미소 짓는 자미에르 대제.

정령화가 본격적으로 활성화되면서 자미에르 대제는 로드와 로드가 대결을 할 경우 쉽게 승부가 판가름나지 않음을 알아차릴 수 있었다.

아드리온 공작과 글레이드 공작의 대결이 쉽게 판가름난 것은 글레이드 공작이 로드에 올랐음에도 불구하고 정령화를 시전할 수 없어서 그렇다. 만약 그가 정령화를 시전할 줄 알았더라면 대결은 쉽게 판가름나지 않았을 것이다.

기본적인 실력 격차가 있기에 아드리온 공작이 승리했을 테지만.

황제 자신이 절대적인 권력을 움켜쥐기 위해서는 오대 공작을 모두 제어할 수 있는 힘을 지니고 있어야 한다.

테베로즈 후작과 트루덴 백작이 자신에게 충성을 바치고, 아드리온 공작과 글레이드 공작이 자신을 따른다고는 하나 언제까지 자신을 따를 것이라 확신할 수 없는 법.

결국 자미에르 대제는 모종의 계획을 세우기에 이르렀고 그

해결책으로 결정한 것이 정신계 속성의 능력자들이다.

그들의 절대적인 힘에 더해 높은 경지를 이룩할 경우, 그대로 통용될 것이라 판단한 것이다.

그렇기에 정신계 능력자들을 대대적으로 길러 내며 그들에 대한 연구를 한 결과, 한 가지 가설을 성립할 수 있었다.

정신계 능력자들은 서로 파장을 일치시킬 경우 말을 하지 않아도 의사소통이 가능하다고.

그것을 바탕으로 정신계 속성 능력자들의 힘을 대대적으로 개편하게 되었다.

이름 하여 네트워크 프로젝트.

서로가 서로의 의중을 알아차릴 수 있고, 힘을 합칠 수 있게 함으로써 정신계 속성 능력자들의 힘을 몇 배 이상 강하게 만드는 것이 바로 이 프로젝트의 핵심이었다.

그리고 이 프로젝트는 성공리에 끝났다.

페르비야 백작을 중심으로 오십 명의 정신계 능력자가 힘을 한데 모을 수 있다면 감히 상상도 할 수 없을 만큼 강한 위력을 지닐 테니까.

"네트워크를 유지할 경우 그 파괴력은?"

"폐하께서 흡족해하실 정도입니다."

"호오……."

자미에르 대제는 눈을 빛냈다.

신중한 페르비야 백작이 이렇게 말할 정도라면 위력은 상상을 초월할 것임이 분명했다.

자신이 원하는 수준을 뛰어넘을 수도 있었다.

"가능하겠는가?"

"폐하께서 원하신다면 당장에라도 보여 드릴 수도 있습니다. 명만 내려주십시오. 드래곤이라도 사냥해오겠나이다."

자신감이 넘치는 페르비야 백작이었다.

오십 명의 정신계 능력자가 네트워크를 형성하여 그 힘을 하나로 모은다면 쇼크 웨이브를 생성할 수 있다.

그 위력은 가히 로드의 힘과 비견될 정도!

더군다나 기존의 로드와 달리 정신계 쇼크 웨이브를 발산하기에 막아내는 것이 까다로웠다.

화염 속성의 로드가 모든 것을 불태워버린다면 그들의 힘은 상대방의 정신을 파괴한다.

오십 명의 정신계 능력자가 힘을 합친 힘의 위력은 정신계 능력자가 로드의 경지에 오른 것과 비슷한 힘을 발휘하는 것이다.

서로의 파장을 맞출 수 있는 정신계 능력자들만이 가능한 신위였다.

그것은 전설의 마법, 파워 워드 킬과 비견되기에 페르비야 백작이 능히 드래곤의 정신도 파괴할 수 있을 것이라 자신했다.

드래곤조차 사냥이 가능하다면 인간 누구나 제거하는 것이 가능하다는 이야기였다.

더욱 큰 이점은 파워 워드 킬처럼 실패할 경우 막대한 타격이 돌아오지 않는다는 점이다.

자신감 넘치는 그 모습이 마음에 들었는지 자미에르 대제가 웃음을 흘렸다.

"좋군, 좋아. 후후! 페르비야 백작, 조만간 그 힘을 사용할 곳이 있다. 그때까지 검을 날카롭게 벼려놓도록 하라."

그 말을 들은 페르비야 백작의 눈이 빛났다.

십 년이 넘도록 음지에 숨어 있어야 했던 자신들이 마침내 양지로 모습을 드러낸다는 것이었으니까.

강한 힘을 지니고 있음에도 불구하고 음지에 머문다는 것은 말도 안 되는 일이다.

"예, 폐하. 명을 따르겠나이다."

"그래, 멀지 않은 시점이니 어느 때나 출격할 수 있도록 준비를 하라."

"예, 폐하!"

고개를 깊게 숙이며 힘차게 외치는 페르비야 백작이었다.

그 모습을 바라보며 자미에르 대제는 기분 좋은 미소를 지을 수 있었다.

*　　*　　*

레이첼은 지금 무척 긴장한 표정을 짓고 있었다.

황궁에 입궁한 지 얼마 되지 않아, 한 번쯤 꼭 만나보고 싶던 인물을 만나게 된 것이다.

그는 정중하게 고개 숙이며 인사를 하여 자신의 마음을 드러냈다.

"뵙게 되어 영광입니다."

그가 인사한 대상은 다름 아닌 아르칼 공작이었다.

"호오, 그대가 당대 데미안 공작인가? 반갑네."

연배 차이가 워낙 나다 보니 자연스럽게 말을 놓는 아르칼 공작이었지만 레이첼은 딱히 기분 나쁜 표정을 짓지 않았다.

검을 다루는 입장에서 아르칼 공작은 한 번쯤 꼭 만나보고 싶은 인물이었다.

"이렇게 만나게 되니 반갑군. 차라도 한잔하지 않겠나?"

"영광입니다."

"시원시원해서 좋군."

레이첼의 수락에 아르칼 공작이 입가에 미소를 지어 보였다.

그리고는 자신이 머무는 궁으로 향했다.

세 공작을 황궁으로 소집한 황제는 그들에게 각각 궁을 하사하여 그곳에 머물게끔 하였다.

황족들이 머무는 곳에 비해 전혀 부족함이 없는 곳이었기에 편안한 나날을 영위하고 있었다.

아르칼 공작이 안으로 들어서자 시종, 시녀들이 모두 고개를 깊게 숙인다.

시녀들에게 간단한 차를 주문한 아르칼 공작이 레이첼과 마주 보며 앉는다.

"그래, 아버지께서는 잘 계신가?"

"건강이 극도로 악화되셨기에 얼마 버티지 못하실 것 같습니다."

"저런, 천형을 이겨낸 것처럼 느꼈는데 실패하신 건가?"

안타까운 표정을 짓는 아르칼 공작의 모습에 레이첼이 살짝 고개를 끄덕인다.

"천형이라는 것이 무섭군. 설마 그분마저도 실패하실 줄이야."

"데미안 공작가 인물들의 숙명 아니겠습니까?"

"하지만 자네는 약간 다른 듯한데?"

묘한 시선으로 자신을 바라보며 묻는 말에 레이첼이 미소를 지었다.

"그렇습니까? 그렇게 봐주시니 영광입니다."

"나는 거짓말을 하지 않아. 자네는 아버지와 사뭇 다른 느낌을 준단 말이지. 그것은 강자에게서 느껴지는 기운이고. 이렇게 젊은 청년에게서 이런 느낌을 받는 건 두 번째란 말이지."

"두 번째…… 입니까?"

의외라는 표정을 짓는 레이첼이었다.

자신이 처음이 아니라는 뜻이었기에 그 처음이 누구인지 궁금한 기색이었다.

"누구인지 궁금한가 보군."

"솔직히 그렇습니다."

자만하는 것은 아니지만 자신의 성취에 자부심을 가지고 있는 레이첼이다.

그런 만큼 자신이 인정하는 실력자 아르칼 공작이 칭찬했다는 첫 번째 청년이 누구인지 궁금하였다.

"유명한 녀석이지. 솔직히 그런 성취를 이룰 줄 몰랐는데 말이야. 내가 비슷한 느낌을 받은 청년의 이름은 바로 슈미드라네."

"슈미드라면……."

"지금은 제국의 역적으로 규정된 아이지."

그렇게 말을 하는 아르칼 공작의 입가에는 쓴웃음이 걸려 있었다.

그 웃음이 무언가 의미를 내포하고 있다는 것을 느꼈지만 레이첼은 굳이 묻지 않았다.

언급하지 않는 것으로 보아 그리 유쾌한 이야기가 아닐 것이란 생각이 들었기 때문이다.

슈미드.

레이첼이 자주 들어본 이름이다.

글레이드 공작을 꺾고, 아드리온 공작을 죽인 인물!

여덟 명의 로드 중 최강이라 불리던 아드리온 공작이었기에 그를 꺾은 슈미드란 청년의 힘이 궁금하였다.

자신과 나이 차이도 얼마 나지 않는 듯했고.

"그가 그렇게 강했습니까?"

묘한 호승심에 질문하는 레이첼.

쓴웃음을 짓고 있던 아르칼 공작은 입가에 미소를 지우더니 고개를 살짝 젓는다.

"내가 처음 만날 당시만 해도 애송이였지. 기껏해야 엑스퍼트 상급이었을까? 무엇보다 능력자가 아닌, 마나를 다루고 있었지."

"갑자기 그렇게 강해질 수도 있는 것입니까?"

"그건 잘 모르겠군. 당시 그 녀석은 무언가를 억누르고 있는 듯한 기색이 역력했으니까. 그것이 한순간에 폭발하면서 로드의 경지에 도달했을지도."

아드리온 공작을 꺾은 시점에서 슈미드는 이미 의심할 필요가 없는 로드였다.

로드가 아니라면 두 명의 로드를 꺾을 수 없을 테니까.

"그렇군요."

자신과 비슷한 나이에 로드의 경지에 든 인물이 있다니.

레이첼은 그에게 호승심이 치미는 것을 느꼈다.

전 대륙을 통틀어 최강이라는 생각을 해본 적은 없지만 적어도 또래 중에서 자신의 발끝에 쫓아오는 사람이 없던 만큼 자신이 최강이라 생각했으니까.

그러던 중 자신과 비슷한 나이대의 강자가 있다는 것은 호승심을 자극하기에 부족함이 없었다.

"조만간 붙어볼 수도 있으니 그때를 기약하는 것이 좋을 듯하군."

"그가 황궁에 올 수도 있단 말씀이십니까?"

깜짝 놀란 레이첼이 묻는다.

조만간 기회가 온다는 것은 그가 황궁으로 온다는 뜻 아니겠는가.

놀라 묻는 그의 모습에 아르칼 공작이 살짝 고개를 끄덕인다.

"그런 보고가 들어왔으니까."

"무모한 인물이로군요. 혼자서 황궁에 쳐들어올 생각을 하다니."

그렇게밖에 생각이 들지 않았다.

테베로즈 후작을 제외하더라도 네 명의 로드가 머물고 있는 황궁에 혼자 오려 하다니.

아르칼 공작이 느릿하게 고개를 저으며 말한다.

"딱히 그렇지도 않지. 혼자 오는 것이 아닌 든든한 지원군과 함께 오고 있는 듯하니까."

"지원군입니까?"

"그래, 암흑 왕국과 협상을 해냈나 보더군. 정말 대단하단 말이야."

이미 발 빠르게 정보를 입수한 아르칼 공작이었다.

"암흑 왕국이 설마 황도를 노릴 줄이야."

"폐하께서 이것을 짐작하시고 우리를 부른 것 아니겠는가? 다른 속내도 갖고 계신 듯하지만."

그것이 무엇인지 짐작이 갈 것 같아 아르칼 공작의 입에 쓴 웃음이 걸렸다.

권력욕이 없고, 방랑벽이 있는 그에게는 적용되지 않지만 그의 동생은 정계에서도 알아주는 귀족이기에 황제가 노리는 바가 무엇인지 전해 들은 차였다.

"다른 속내라면……?"

황제를 만난 것이 단 한 번뿐이기에 그런 것일까.

레이첼에게는 황제에 대한 깊은 충성심 같은 것은 존재하지 않았다.

그렇기에 때로는 그냥 넘겨야 할 것들도 궁금해하는 듯하였다.

"모르는 것이 약일 때도 있는 법이지. 알게 되면 자네 또한 정계의 더러운 곳에 발을 들여놔야 할 듯싶거든."

"정계…… 관심이 없는 만큼 굳이 알 필요는 없겠군요."

아르칼 공작의 말에 단호하게 대답하는 레이첼이었다.

그의 말마따나 정계가 더러운 곳이라는 것을 깨닫는 것은 어려운 일이 아니었다.

새로운 데미안 공작인 레이첼에게 수많은 귀족들이 접근해 왔던 것이다.

거기에서 레이첼은 정계가 얼마나 더러운 곳인지 알아차릴 수 있었다.

그들의 눈에는 하나같이 더러운 탐욕이 꿈틀거리고 있었으니까.

어떻게든 데이안 공작가의 힘을 활용하기 위해 애쓰던 그들의 비지땀은 세상 그 어느 것보다 역겹게 느껴졌다.

"후후, 그거면 된 거라네. 어차피 본인의 강함을 바탕으로 이루어진 권력이 아니라면 모래성에 불과하지. 더군다나 순수한 강함을 추구하는 자에게 있어 권력은 그렇게 필요한 것도 아니고."

그것은 그의 생각일 뿐이었다.

자신의 실력에 비해 권력을 중요하게 여기는 인물도 있는 법이니까.

다만 레이첼은 자신과 비슷한 파장의 사람인 것 같아 말을 한 것뿐이었다.

"저는……."

레이첼이 뭔가 말을 하려 할 무렵이었다.

안쪽에서 시종의 외침이 들려왔다.

"공작 전하! 글레이드 공작 전하께서 방문하셨습니다."

아무래도 레이첼과 함께 있다는 것이 글레이드 공작의 귀에 알려졌나 보다.

황궁에서 유유자적하게 시간을 보내는 두 사람과는 달리 글레이드 공작은 귀족들을 적극적으로 규합하며 권력을 키워나가고 있었으니까.

눈살을 가볍게 찌푸린 아르칼 공작이 레이첼에게 말한다.

"저런, 불청객이 찾아왔군. 권력을 탐하려 하지 않는 나와 달리 권력을 탐하는 자가 방문했군. 아무래도 우리 둘이 만나는 것이 그의 심기를 자극했나 보군."

"그렇습니까?"

"그럴 테지. 권력을 탐하는 자는 다른 사람을 쉽게 믿지 않거든. 더군다나 자네와 내가 힘을 합치면 본인의 자리가 위태로워진다는 것을 알고 있을 테니 우리를 찾을 수밖에. 들어오도록 하게나."

권력에 큰 관심이 없지만 그 흐름에 대해서는 빠삭하게 꿰고 있는 아르칼 공작이었다.

밖에 들릴 정도로 크게 외치자, 글레이드 공작이 안으로 들어선다.

그는 모호한 표정을 지은 채 아르칼 공작과 레이첼을 번갈아 보며 말한다.

"두 분이 모처럼 친목을 나누고 있다 하여 본인 또한 친목을 나누기 위해 찾아왔소이다."

방금 전 아르칼 공작의 말을 들은 레이첼로서는 믿기지 않는 말이었다.

그것이 거짓말이라는 것을 단번에 눈치챌 수 있었지만 그 기색을 겉으로 드러낼 만큼 어리석지 않았다.

어깨를 살짝 으쓱한 아르칼 공작이 말한다.

"이런, 내가 실수를 했군. 글레이드 공작님은 워낙 바쁘신 것 같아 미처 청하지 못한 것이니 너그러이 인정해주시길."

능구렁이 같이 벗어나는 그 모습에 글레이드 공작이 미소 지으며 말한다.

"어찌 제가 아르칼 공작님을 탓하겠습니다. 다만 다음부터 이런 좋은 자리가 있으면 저도 초대해주십시오."

"하하! 그렇게 하도록 하겠습니다."

"미처 청하지 못하여 죄송합니다."

"아니외다. 그럴 수도 있지요. 하하!"

레이첼마저 사과하자 글레이드 공작은 사람 좋은 미소를 지어 보였다.

"그래, 글레이드 공작님은 이런 상황이 얼마나 갈 것이라 보십니까?"

분위기 전환을 위해 아르칼 공작이 묻자, 글레이드 공작이 대답한다.

"조만간 끝나지 않겠습니까? 폐하께서 추진하시는 모종의 일이 끝맺음을 하게 되면 본격적으로 움직일 수 있을 것 같습니다. 그런데 갑자기 그것을 왜 물어보시는지?"

여기에서 모종의 일이 권력의 공백을 채우는 것이란 걸 모르는 사람은 없었다.

다 알면서도 모르는 척하는 것이다.

아르칼 공작도 굳이 내색하지 않은 채 웃음을 지어 보였다.

"하하! 방랑벽이 도지고 있어 말입니다."

"아르칼 공작님의 방랑벽은 심하지요. 아마 동생분이 없으셨으면 영지를 다스리는 관리들은 상당히 고생했을 것입니다."

"유능한 동생을 둔 것이 다행이라 할 수 있지요. 그 점을 보면 복 받은 거라 할 수 있고요."

"그것도 공작님의 복 아니겠습니까?"

"그렇겠지요."

"……."

아르칼 공작과 글레이드 공작이 대화 나누는 것을 보며 레이첼은 조용히 차를 한 모금 마셨다.

이야기를 나누던 글레이드 공작이 그 모습을 보고는 레이첼에게 말한다.

"이런, 그러고 보니 전대 데미안 공작님의 안부를 묻지 못했군요. 괜찮으신지?"

레이첼은 고개를 살짝 저었다.

"건강이 좋지 않으십니다."

"제국의 영웅이신 분이 아프시다니."

가식적인 그의 모습에 레이첼은 속이 부글부글 끓어오르는 것을 느꼈지만 내색하지 않았다.

단지 그와 상종하기 싫은 감정만 들 뿐이었다.

"암흑 왕국의 인물들이 황도로 진격하고 있다던데."

"그렇다더군요. 어떤 식으로 대비를 해야 할지 고견을 들려주실 수 있겠습니까?"

암흑 왕국의 전력이 만만치 않다는 것을 모르는 사람이 없는 만큼 만반의 준비를 갖춰야 하는 것은 당연하다.

"아무래도 폐하께서 명을 내리시지 않겠나?"

아르칼 공작의 말이 떨어지기 무섭게 시종이 그들이 머물고 있는 방에 들어온 뒤 고한다.

"폐하께서 세 공작 전하를 대전으로 오라 하셨습니다."

각각 명을 전달하려 했는데 공교롭게도 다 같이 대화를 하고 있었다.

시종의 말을 들은 글레이드 공작이 감탄 어린 기색으로 아르칼 공작을 바라보며 말한다.

"정확하게 타이밍을 맞추시는군요."

"하하! 그러게 말입니다. 딱 타이밍을 맞췄군."

자신이 말해놓고 정확하게 들어맞자 얼떨떨한 표정을 감추지 못하는 아르칼 공작이었다.

그 모습에 피식 미소를 지은 레이첼이 자리에서 일어나며 말한다.

"폐하께서 부르시니 곧장 가는 것이 예의 아니겠습니까?"

"그렇군. 폐하를 기다리게 할 수 없는 노릇이지."

따끔한 레이첼의 일격에 피식 미소를 지은 아르칼 공작이 자리에서 일어섰다.

글레이드 공작 또한 자리에서 일어섰고.

세 사람은 곧장 대전을 향해 발걸음을 옮기기 시작하였다.

*　　　*　　　*

죄수들이 수감되는 황궁 감옥.

대마법사 그라인이 수감된 이후 그 누구도 수감되지 않은 황궁 감옥에는 적막이 무겁게 가라앉아 있었다.

『크카카카카!』

황궁 감옥 깊숙한 곳에서 폐부가 썩어들어가는 듯한 싸늘한 웃음소리가 울려 퍼졌다.

누구도 도달하지 못한 황궁 감옥 가장 깊은 곳에는 붉은 안광을 번뜩이고 있는 리치가 자리하고 있었다.

그는 한때 마탑의 장로이자, 대마법사로서 모든 마법사들에게 존경을 받던 8단계 마법사 그라인이었다.

육성을 낼 수 없게 되었지만 그는 자신의 유쾌한 기분을 숨기지 않았다.

『이렇게 힘을 끌어모으기 좋은 곳이 있다니.』

황궁 감옥은 십 년 전쟁 당시 헤아릴 수 없을 만큼 많은 숫자의 사람들이 갇혔던 곳이 바로 이곳이다.

수십 년이 지났지만 그들이 발산했던 마이너스 에너지는 황궁 감옥에 그대로 남아 떠돌고 있었다.

이곳에 갇힌 인물들은 하나같이 뛰어난 실력을 지닌 인물이거나 적국의 고위층 인물이었다.

그들이 발산했던 마이너스 에너지가 그라인의 힘을 키워주고 있었다.

『이 정도 양이면 가능하다. 나의 복수가 한 단계 앞으로 다가오는 건가. 크카카카카!』

그라인이 지금 준비하는 것은 바로 마왕 소환진이었다.

공격 마법에 조예가 없지만 여러 가지 마법을 다수 익힌 그라인은 동급 8단계 마법사에 비해 훨씬 마법에 대한 이해도가 높았고, 깨달음이 깊었다.

사아아아!

황궁 감옥의 마이너스 에너지를 이용하여 그려낸 소환진이 은은한 보랏빛을 발하고 있었다.

그라인은 붉은 안광을 토해내며 그곳을 향해 양손을 뻗었다.

어둠의 마나가 뭉클 뿜어져 나오며 소환진에 흡수되었고, 그러자 보랏빛이 감돌고 있던 소환진에서 발생하는 빛은 더욱 강렬해지기 시작했다.

파아아앗!

마침내 보랏빛 광채가 폭사하며 사방으로 퍼져 나가 주변을 뒤덮었다.

그와 동시에 온몸이 부르르 떨릴 정도로 강렬한 존재감이 황궁 감옥을 지배해나가기 시작했다.

『크…… 카카? 이, 이 존재감은…….』

자신의 예상을 한참이나 초월하는 존재감은 그라인마저도 두려움에 잠길 만큼 엄청난 기세를 품고 있었다.

자신이 끌어모은 마이너스 에너지의 양이 방대하다고 하나 상위 마왕을 소환하는 것은 불가능에 가깝다.

당장 자신이 소환하고자 했던 마왕은 기껏해야 하위 서열의 마왕이었는데 이 존재감은…….

『최소 중위권 마왕임이 분명하다.』

어찌 된 일인지는 모르겠지만 자신에게 있어 엄청난 기회일 것임이 분명했다.

계약하는 상대의 힘이 강할수록 자신 또한 더욱더 강한 힘을 지닐 수 있을 테니까.

그 사이 주변 전체를 뒤덮은 보랏빛 광채가 서서히 걷혔다. 그와 동시에 서서히 공간을 좁혀나가던 보랏빛 광채는 하나의 형체를 이루기 시작한다.

그것이 마왕의 아바타(Avatar)라는 것을 알아차린 그라인은 지체 없이 무릎을 꿇고 인사를 올렸다.

『존귀하신 마왕을 뵈옵니다.』

"네가 나를 소환한 것인가?"

뚜렷한 육성이 그의 귓가에 울려 퍼진다. 목소리로 보아 그가 소환한 마왕은 여성체임이 분명했다.

『그렇사옵니다. 위대하신 존재시여.』

"중간계의 공기는 오랜만이로군. 날 소환할 정도면 상당한 실력자인가 봐?"

『과찬이십니다. 실례지만 존귀하신 이름을 알 영광을 주시겠습니까?』

박학다식했던 마법사답게 그라인은 과거 48마왕이라 칭해지던 대부분의 마왕을 알고 있다.

그들의 서열부터 시작하여, 그들의 생김새와 힘의 형태까지.

천오백 년 전 영마전쟁이 벌어지면서 마계의 마왕 서열이 대거 뒤바뀌었다는 것을 모르는 그로서는 얄팍한 술책을 펼치고 있는 것이지만.

"호오, 나의 서열이 궁금했는가? 나는 마왕 서열 5위 페르네몬이다."

『……!』

전혀 들어보지 못한 이름이었지만 그라인의 붉은 안광이 걷잡을 수 없이 흔들렸다.

마왕 서열 5위라는 것은 세 명의 대마왕을 배제하면 마왕

중에서 두 번째로 강하다는 뜻이었던 것이다.

그가 알고 있는 마왕의 이름과 달랐지만 그는 신경 쓰지 않았다.

지금 신경 써야 할 것은 자신이 소환한 마왕이 무려 마왕 서열 5위라는 점이었다.

중위권이 아닌, 상위권에 속하는 마왕을 소환할 줄이야.

"순도 높은 마이너스 에너지가 나를 이곳으로 이끌었지. 너의 이름은?"

『그라인입니다.』

"그라인, 너는 나의 권속이 되려는 것인가?"

『그렇습니다. 마왕이시여. 제게 힘을 주신다면 모든 능력을 발휘하여 마왕을 보필하겠나이다.』

마왕의 권속이 되면 상상도 하지 못할 힘을 얻게 될 터.

자신의 복수를 이룬다면 영원히 마왕의 권속으로서 살아갈 각오가 되어 있는 그라인이었다.

"나쁘지 않네. 좋아, 너를 나의 권속으로 거두어주겠다. 대계가 얼마 남지 않은 시점에서 나를 소환했다는 것이 갸륵하니."

그 말이 끝나기 무섭게 어둠의 마나가 요동치며 그라인의 내부로 스며들기 시작했다.

콰아아아아아!

엄청난 양의 어둠의 마나가 자신의 체내에 유입되자 그라인의 몸이 부르르 떨렸다.

강렬한 충족감이 그의 전신을 지배해나가고 있었다.

"이제 너는 나의 권속이다."

『…….』

그라인은 아무 말도 하지 않은 채 바닥에 엎드렸다. 마왕의 권속이 된 그는 마왕의 명령에 절대적으로 따라야 할 처지가 되었다.

하지만 내면에 자리한 엄청난 양의 어둠의 마나를 느끼며 그는 희열로 가득 차 있었다.

"이곳의 위치는?"

『헬카드 제국의 황궁 감옥입니다.』

"헬카드 제국?"

의아한 기색을 보이자, 그라인은 대륙의 판도가 바뀐 것에 대해 설명하기 시작했다.

그 이야기를 조용히 듣고 있던 페르네몬이 말한다.

"그렇다면 대륙에서 가장 큰 국가라는 이야기로군."

『그렇습니다.』

"흐응…… 그래, 그럼 이곳에서 대기하면서 이곳을 완벽히 너의 터전으로 만들어라. 조만간 나는 이곳에 강림할 것이다."

순간 그라인은 반발심이 들었다. 자신이 마왕을 소환하여 계약한 것은 당장 이곳을 뛰쳐나가 황제에게 복수하기 위함이다.

그런데 이곳에 대기하라는 명령이라니.

그 마음을 먹는 순간, 그의 내면에 자리해 있던 막대한 양의 어둠의 마나가 흩어질 기미를 보였다.

황급히 불경한 마음을 지워버린 그라인은 고개를 바닥에 쿵! 찧으며 말한다.

『명을 받듭니다.』

"그럼 그때를 기다리도록 하지."

휘유우!

그 말과 함께 조금이나마 남아 있던 보랏빛 기류가 그대로 허공에 흩어진다.

마왕의 존재감 또한 서서히 사라지자 그라인이 자리에서 일어선다.

그의 붉은 안광은 형형하게 빛나고 있었다.

『비록 지금은 이곳에 있지만…… 나의 주인님이 강림하는 순간 너는 반드시 죽을 것이다.』

누구도 모르는 사이 황궁 감옥 안에서는 소름 끼치는 리치의 맹세가 이어지고 있었다.

제**9**화
슈미드와 레이첼

Dark Blaze

세 공작의 방문은 곧장 자미에르 대제에게 전달되었다.

"폐하, 세 공작 전하께서 드셨습니다."

"들라 하라."

허락이 떨어지자 세 공작이 어깨를 나란히 한 채 대전 안으로 들어와 자미에르 대제에게 예를 취한다.

"폐하를 뵈옵니다."

한목소리로 예를 올리는 그들의 모습에 자미에르 대제가 의외라는 눈빛으로 묻는다.

"설마 세 공작이 같이 올 줄이야."

"같이 담소를 나누고 있었습니다, 폐하."

담담한 어조로 대답하는 아르칼 공작의 모습에 자미에르 대제가 눈을 빛내며 묻는다.

"그런가?"

"예, 폐하. 워낙 적적하기도 해서 이참에 친분을 나눠볼까 싶어 이야기를 나누고 있었습니다."

"그렇군. 하기야, 방랑벽이 있는 아르칼 공작은 좀이 쑤시겠군."

아르칼 공작의 방랑벽은 제국 귀족들 모두가 알 정도로 유명한 것이었으니까.

"제 방랑벽에 대해 과장되는 것이 없지 않아 있어 당혹스러울 때가 있습니다. 이야기만 들어보면 마치 제가 혼인을 하지 않은 것도 방랑벽 때문이라는 말이 있어서."

육십을 훌쩍 넘겼음에도 불구하고 아직까지 혼인을 하지 않은 아르칼 공작에 대해서 말이 많았다.

"그거 사실 아니었나? 짐도 그렇게 알고 있었다만."

정말 그렇게 알고 있는 듯한 표정을 짓는 자미에르 대제였다.

그것은 레이첼과 글레이드 공작 또한 마찬가지여서, 아르칼 공작을 당혹스럽게 만들기에 충분했다.

"폐하, 어찌 그렇게 말씀하십니까."

"그렇지 않으면 어찌 혼인을 하지 않는 겐가?"

"혼기를 놓쳐서 그렇습니다. 육십이 넘은 제게 시집오려는 여인은 없지 않겠습니까?"

멋쩍은 어조로 말하는 그의 모습에 자미에르 대제가 고개를 저었다.

"모르는 소리! 육십이 넘었다 하나 아르칼 공작은 제국 제일 검사로서 이름이 높고, 외모 또한 아직까지 삼십대의 정정함을 보이는데 누가 거절한단 말인가. 지금 당장 신부를 모집한다 하면 부대 단위로 모여들 것을 확신하네."

"그렇습니까? 나이 많은 할아버지가 어린 처녀를 탐한다는 소리를 듣지 않기 위해 그랬던 것인데……."

멋쩍은 듯 말하는 그의 말에 자미에르 대제가 다시 한 번 고개를 저었다.

"절대 그건 아니니 안심해도 좋네. 아르칼 공작 같은 뛰어난 인물이 후손을 남기지 않는다는 것은 말도 안 되는 일. 제국을 위해서라도 반드시 혼인을 하길 바라네."

"노력해보겠습니다, 폐하."

대답하는 아르칼 공작의 입가에는 쓴웃음이 걸려 있었다.

자신이 혼인을 하지 않는 것에는 여러 가지 복합적인 이유가 존재하고 있었으니까.

괜한 분쟁을 일으키기 싫었기에 혼인하지 않고 있다는 것을 이 능구렁이 황제가 모를 리 없다.

그의 진실된 단면을 십 년 전쟁이 끝날 무렵 조금이나마 볼 수 있었으니까.

황제의 눈 밖에 날 행동을 하지 않는 것이 가장 현명한 선택이다.

"하하, 그렇겠지. 하지만 노력만 하지 말고 꼭 성과를 냈으면 좋겠구만. 원한다면 짐이 직접 다리를 놓아줄 수도 있고."

꽤나 적극적으로 나오는 자미에르 대제의 행동에 아르칼 공작은 미소 지은 채 고개를 젓는다.

"혼인은 사람에게 있어 무척 중대한 일. 어찌 그것을 쉽게 결정할 수 있겠습니까. 아직 저는 정정하니 천천히 정하도록 하겠습니다."

아르칼 공작이 그렇게 못을 박으니 자미에르 대제가 무어라 할 여지가 없었다.

검호답지 않게 영리한 그가 자신을 은연중 경계하고 있다는 것을 잘 알고 있지만 그는 어떤 경우에도 자신의 기분을 거스르려 하지 않는다.

그것은 무척 큰 장점이었고, 그의 동생이 아르칼 공작가를 총괄한다고 하나 그가 결정을 내리면 반드시 따르는 형태이기에 이대로 놔두는 것이 좋으리라.

글레이드 공작은 권력이 따르는 한 자신을 충실하게 따를 것이고, 레이첼은 아직 어리다.

"그렇게 말하니 어쩔 수 없군. 그럼 본격적인 얘기로 넘어가도록 하지."

"예, 폐하."

다행히 물고 늘어지지 않아 가볍게 한숨을 내쉬며 가슴을 쓸어내리는 아르칼 공작이었다.

그 모습을 바라보던 자미에르 대제가 세 공작을 둘러보며 말한다.

"암흑 왕국의 여제가 암흑 기사단과 함께 황도로 향하고 있다."

"……"

그 말을 들은 세 사람은 고개를 나직이 끄덕여 알고 있다는 의사를 표한다.

아르칼 공작이나 글레이드 공작은 자체적인 정보망을 두고 있기에 암흑 기사단이 황도를 향해 접근하고 있다는 것을 알고 있었으니까.

레이첼만 그런 정보망이 없지만 아르칼 공작이 알려주었기에 놀라지 않을 수 있었다.

"이미 다 알고 있는 눈치로군. 그럼 얘기하기가 편해지지. 일단 테베로즈 후작을 소환하도록 하였다. 근위기사들은 함께 돌아오지 못할 테지만 그 혼자 돌아오는 것 정도는 무리가 없을 터. 잠시 후 돌아올 테베로즈 후작에게 황궁의 수호를 맡기는 바이다."

근위기사단장인 테베로즈 후작이 황궁의 경비를 맡는 것은 당연한 일이었다.

테베로즈 후작이 없는 지금은 세 공작이 각기 구역을 나눠 경비를 맡고 있었다.

근위기사들이 복귀하고 있지만 아직 숫자가 전보다 적었기에 세 공작이 그 공백을 채우고 있는 실정이었다.

"하오면 저희들은 어찌하면 되는 것입니까?"

"그대들 또한, 여전히 황궁을 수호해야 할 듯싶다. 암흑 왕국만 진격하는 것이 아닌, 슈미드와 제국에 원한을 가진 인물 몇이 함께 접근하고 있거든. 그리고 그 원한을 가진 자의 실력은 로드와 자웅을 겨뤄도 부족함이 없는 실력자다."

"……"

제법 놀라운 사실이었다.

암흑 왕국의 세력만 치더라도 마왕 클로라이네와 마왕의 기사 그렉스가 존재한다.

마왕은 로드 혼자서 감당하기 힘든 상위 존재였고, 그렉스는 암흑 왕국 내에서 발휘할 수 있는 힘의 절반만 발휘해도 로드와 자웅을 겨룰 수 있다.

더군다나 암흑 기사단은 대륙 최강이라 불리는 마왕의 친위 기사단.

그것으로 모자라 슈미드와 다른 로드에 비해 부족하지 않은 인물이 온다는 것은 감당하기 힘든 존재가 무려 넷이나 된다는 이야기였다.

황궁의 모든 전력을 응집하여 자웅을 겨뤄야 하는 힘인 것이다.

내심 암흑 왕국의 진격이 무모하다 여기던 아르칼 공작은 침음을 흘리는 수밖에 없었다.

"테베로즈 후작이 내궁의 수호를 맡을 것이고, 아르칼 공작과 글레이드 공작이 외궁의 수호를 맡으라."

"예, 폐하."

대륙에서 가장 큰 대제국답게 증축에 증축을 거듭한 황궁은 하나의 도시 규모에 해당할 정도로 넓은 크기를 자랑한다.

황궁은 크게 황족들이 머무는 내궁과, 상위 귀족들과 외국의 손님들이 머물 수 있는 외궁으로 나뉜다.

예전에는 외궁과 황궁 마탑이 연결되어 있어 누구도 넘볼 수 없는 철옹성을 자랑했지만 현재 황궁 마탑이 멸망했기에 외궁에 큰 벽이 뚫린 상태였다.

그 틈을 두 공작에게 맡기려는 것이다.

그렇게 되면 남는 것은 레이첼 뿐이었다.

그는 자신에게 아무런 명령도 내리지 않는 자미에르 대제를 의아한 눈으로 바라보고 있다.

그 눈빛을 눈치챘는지 자미에르 대제가 레이첼에게 말한다.

"그리고 데미안 공작."

"예, 폐하. 하명하시옵소서."

고개를 숙이며 예를 취하는 레이첼을 바라보며 자미에르 대제가 말한다.

"경은 황도의 외성 수비를 맡으라."

사람이 처음 진입하는 곳이 바로 외성으로, 엘리멘탈 프로젝트를 성사시킨 이후 단 한 번도 적의 침공을 허락한 적이 없는 곳이었다.

십 년 전쟁 당시 왕국 연합군이 황궁의 마법 방해벽을 뚫고 난입한 적이 있기는 하지만.

"외성을 말입니까?"

황궁이 아닌 외성 방어를 맡기자 레이첼은 놀란 표정을 짓는다.

"그렇다. 경이 직접 나아가 적들을 맞이하도록 하라."

"……."

레이첼은 본능적으로 황제가 자신을 시험하고 있다는 것을 알아차릴 수 있었다.

그렇지 않다면 굳이 외성을 맡길 이유가 없는 것이다.

현재 외부에서 진격하고 있는 존재들의 신위는 자신 혼자서 감당할 수 없다.

황궁의 모든 힘을 집중해야 막을 수 있는 자들을 자신 혼자서 막으라니, 가당키나 한 것인가.

'그 시험, 훌륭히 통과해주겠다.'

자신을 시험하려 한다는 것이 제법 기분 나빴지만 현재 자신은 아무것도 보인 것이 없는 애송이 공작이다.

오대 공작가의 이름이 워낙 높아 누구도 불만을 제기하지 못하지만 만나는 귀족들도 은연중 자신을 무시하는 기색을 갖고는 했으니까.

황제도, 귀족도 아무것도 보이지 않은 자신을 신뢰할 리 만무하였다.

그렇다면 자신의 힘을 만인에게 보여주는 수밖에.

그것이 자신이 해야 할 일이라는 것을 깨달은 레이첼은 어렵다는 생각이 들었지만 최선을 다해 자신의 신위를 보여주겠다는 결심에 고개를 끄덕였다.

"예, 폐하. 명을 받드옵니다."

"데미안 공작이 그렇게 수락하니 믿음직하군."

아르칼 공작과 글레이드 공작 역시 황제가 레이첼을 시험하려 한다는 것을 눈치챘지만 별다른 움직임을 보이지 않았다.

오대 공작의 일원으로서 다른 사람 위에 군림하려면 실력을 인정받아야 한다는 것을 알고 있었으니까.

더군다나 레이첼은 북부의 왕이라고도 불리는 데미안 공작이었기에 그 인정은 반드시 필요한 것이었다.

'제법 어려운 시험이겠어.'

상대의 막강한 전력을 알고 있기에 혀를 차는 아르칼 공작이었다.

능력 있는 자들을 좋아하지만 이 시험은 조금 어려운 듯싶었다.

"폐하, 만약 난전이 벌어질 경우 백성들은 어떻게 해야 할지······."

레이첼이 걱정하는 것이 바로 그것이었다.

상대가 인정사정없이 밀고 들어올 경우 외성에 거주하는 백성들이 큰 피해를 입을 확률이 농후하였다.

그때, 자신이 어떻게 대처해야 할지 권한의 크기에 대해 물어보는 것이다.

"데미안 공작은 자신의 능력을 증명하기만 하면 된다."

그 물음에 자미에르 대제는 한 치의 망설임도 없이 대답하였다.

즉, 자신의 능력을 입증하기 위해 수단과 방법을 가리지 않아도 된다는 뜻이었다.

"……"

그 말의 뜻을 알아차린 레이첼은 입술을 지그시 깨물었다.

설마 황제가 백성을 업신여기는 발언을 할 줄 몰랐으니까.

자신 또한 그렇게 백성을 위하는 위인은 되지 못했지만 적어도 백성들을 보호하라 할 줄 알았기에 그 발언이 주는 충격은 제법 컸다.

"알아들었는가?"

아무 대답도 하지 않는 레이첼에게 자미에르 대제가 확인을 구하듯 묻는다.

그 뜻을 알아들은 레이첼이 즉각 고개를 숙이며 대답했다.

"명을 받드옵니다."

"그대를 믿도록 하겠다."

능력을 입증하라는 뉘앙스의 말과 함께 그에게 혹독한 시험
을 시작하였다.

결국 단독으로 외성의 수비를 맡게 된 레이첼.

암흑 왕국의 진격은 황도를 긴장 상태로 돌입하게 만들기
시작했다.

*　　　*　　　*

다크 스티드에 탑승한 슈미드 일행은 놀라울 정도로 빠른
속도를 내며 황도로 진격하였다.

꼬박 하루 정도 향해야 할 거리가 채 몇 시간도 지나지 않아
가까워지기 시작하였다.

"황궁이 보입니다."

"그렇군. 황도가 보여."

슈미드의 말에 무겁게 고개를 끄덕이는 첸. 설마 자신이 이
곳을 다시 오게 될 줄 꿈에도 생각하지 못했다.

"……."

셰드로 공작의 얼굴에도 제법 긴장감이 서렸다.

서서히 눈에 들어오는 황도의 크기는 웅장함 그 자체였다.

라이오스 왕국 왕도에 비해 몇 배나 큰 황도는 높은 성벽과
기이한 문양이 새겨져 있는 대마법 방어진이 인상적이었다.

그러면서 한편으로는 누구도 저 벽을 넘지 못했다는 전설이

그의 귀를 간지럽게 했다.

제국으로 올라선 뒤 누구의 침공도 허락하지 않은 헬카드 제국의 황도.

적의 심장이자 치명적인 급소가 바로 이곳인 것이다.

"저곳만 무너뜨린다면 적은 더 이상 횡포를 부리지 못할 터."

황제라는 강력한 구심점만 제거할 수 있다면 사상 최강의 힘을 지니고 있는 헬카드 제국은 그대로 분열될 확률이 높으리라.

헬카드 제국이 자미에르 대제라는 뛰어난 황제에 의해 탄탄히 뭉쳐 있다는 것을 누구보다 잘 알고 있는 셰드로 공작이었기에 자신의 의지를 가다듬기 시작하였다.

앞의 시야를 가로막는 창을 연 클로라이네는 황도를 보며 입가에 흡족한 미소를 지어 보였다.

"제법 멋진 곳이로군. 더욱 많은 절망의 감정을 얻어낼 수 있을 것 같아."

규모만큼 수많은 사람이 거주하고 있는 곳이 바로 황도였다.

그 사람들이 발산하는 마이너스 에너지를 흡수하면 어느 정도일까.

상상만 해도 흐뭇해지는 것을 느끼며 클로라이네가 황도를 찬찬히 훑어본다.

누구보다 기나긴 역사를 지닌 암흑 왕국보다도 큰 규모를 자랑하는 저 도시는 인간이 이룩한 문명이라 보기에 믿기지 않을 정도로 대단한 크기를 지니고 있었다.

　"암흑 왕국의 중심지가 되기에 부족함이 없겠어. 반드시 저곳을 함락하도록 한다."

　"예!"

　클로라이네의 목소리가 머릿속에 울리자 큰 목소리로 대답하는 암흑 기사들이었다.

　"본격적으로 진격하도록 하지."

　"명을 받듭니다, 여제시여."

　클로라이네의 말에 우렁차게 대답한 그렉스가 마검을 뽑아든 채 전방을 향해 그대로 돌격 명령을 내릴 무렵이었다.

　그 사이로 끼어드는 한 줄기 목소리가 있었다.

　"잠시, 멈춰주시지 않겠습니까?"

　그 목소리의 정체는 다름 아닌 슈미드의 것이었다.

　막 공격 명령을 내리려던 그렉스는 슈미드에게 방해받은 느낌에 인상을 찌푸린다.

　마차 안에 있던 클로라이네는 슈미드에게 시선을 옮기며 묻는다.

　"무슨 일이지?"

　"그때 약속한 것을 기억하고 계시리라 생각합니다."

　"기억하고 있지."

그녀는 슈미드와 했던 이야기를 떠올리며 고개를 끄덕인다.

당시 황궁을 함께 습격하기로 약속했던 클로라이네는 백성들을 함부로 학살하지 않겠다고 말한 적이 있다.

그것을 기억하고 있으리라 생각한 슈미드가 그들을 제지한 것이다.

"저들은 우리가 이곳으로 진격한다는 것을 알고 있을 터."

클로라이네가 당연한 걸 뭣 하러 묻느냐는 표정으로 대답한다.

"그렇겠지. 몇몇 인간들이 얼쩡거리는 걸 느꼈으니까."

"그렇다면 이곳에서 우리들을 막는다는 게 무리라는 걸 알고 있을 확률이 높습니다."

그녀의 표정에 옅은 짜증기가 배어 있었다. 에둘러서 말하는 슈미드의 태도가 못마땅한 것이다.

"그래서 어떻게 하겠다는 것이지?"

가장 간단한 것은 그대로 뚫고 가는 것이다.

하지만 슈미드는 그것이 내키지 않는 것이고.

빙빙 돌리지 말고 직설적으로 말해보라는 그녀의 말에 슈미드가 말한다.

"제가 설득하도록 하겠습니다. 저들이 문을 열고 황궁에서 우리들을 맞이할 수 있도록!"

슈미드는 자신들의 싸움에 백성들이 무의미하게 희생되는 것을 원하지 않는다.

최종적으로 황제를 제거한다는 것 자체가 백성들에게 큰 혼란을 야기할 테지만 그것은 어디까지나 그들이 극복해야 할 과제.

그가 그어놓은 최소한의 마지노선은 직접적으로 백성들을 해치지 않는 것이었다.

"귀찮게 왜 그렇게 하려는 거지?"

간단하게 힘으로 뚫고 가면 될 터.

그 속에서 인간들이 발산할 마이너스 에너지 또한 대단할 것이기에 클로라이네는 부정적이었다.

"약속했던 것을 떠올려주시면 감사하겠습니다."

턱을 괴고 잠시 고민에 빠져 있던 그녀가 한숨을 쉬며 대답한다.

"……어쩔 수 없군. 맡기도록 하지."

마왕의 약속은 다른 사람들의 생각과 다르게 무겁다.

클로라이네는 슈미드의 말에 고개를 끄덕이며 한 걸음 뒤로 물러나는 수밖에 없었다.

내키지 않지만 어쩔 수 없는 일이었다. 약속은 약속이니까.

"하지만 너무 늦으면 직접 나설 테니 그 부분을 알고 있도록."

"알겠습니다."

클로라이네를 설득하는 데 성공한 슈미드가 황도의 성문 앞으로 발걸음을 옮기고 있었다.

성벽 위에는 병사들이 빼곡하게 자리하여 철통 같은 방어진을 치고 있었다.

그 숫자가 족히 수천을 헤아리고 있기에.

만약 마왕이 마음만 먹는다면 그들의 목숨은 보장할 수 없었다.

다행히 선수를 쳐 지난 약속을 환기함으로써, 그들이 희생되지 않는 걸 안도하며 앞으로 나선 슈미드가 입을 열었다.

"슈미드라고 합니다. 적의 사령탑과 이야기를 나누고 싶습니다."

작지만 그의 목소리가 성벽 전체를 울리며 모든 사람들의 귀에 스며들기 시작했다.

*　　　*　　　*

'고민이군.'

외성 총사령관으로 부임된 레이첼은 황궁 외성의 모든 경비를 총괄하게 되었다.

임시직이었지만 황도의 경비를 총괄하는 만큼 그 권한은 막강하다.

오대 공작 중 하나인 데미안 공작이 부임한다는 이야기에 황도 경비 책임자들은 무척 조심스러운 태도로 그를 맞이하였다.

하지만 나이가 어린 것을 보고 실망한 기색을 보이던 그들의 모습을 레이첼은 놓치지 않았다.

나이가 어리면 뛰어난 실력을 지닐 수 없다.

오랜 시간 만들어져 온 이 공식이 존재하기에 레이첼로서는 그들의 그런 태도를 이해하면서 한편으로는 오기가 생기는 것을 느껴야 했다.

지금 당장 다른 공작들과 일전을 벌여도 질 것 같다는 생각이 들지 않는다. 그러나 그들은 단순히 자신이 나이가 어리다고 하여 무시하는 기색을 보이는 것이다.

그렇다고 자신을 알아달라고 힘자랑을 할 수도 없지 않은가?

'차라리 저들과 일전을 벌여 내 힘을 증명한다면 편견이 사라질까?'

저 멀리 다가오는 암흑 왕국 인물들을 보며 그렇게 생각하는 레이첼.

자신이 신위를 보인다면 은연중 무시하던 시선이 사라질 것은 분명했다.

허나, 그것으로 인해 자신이 얻는 것은 무엇일까?

확 바뀐 사람들의 시선?

그것이 자신에게 주는 이득이 무엇이기에?

단순한 자존심의 발현이라는 것을 깨닫는 데는 오래 걸리지 않았다.

실력을 입증하는 것으로 치르는 대가가 너무나 컸던 것이
다.

'내 욕심으로 사람들을 희생시킬 수 없다.'

혼자라면 누구든 감당할 자신이 있지만 저들은 다수, 자신
은 소수다.

저들이 정당하게 나온다는 보장은 그 어디에도 없는 만큼
레이첼은 자신의 욕심을 꾹꾹 억누르는 수밖에 없었다.

그것이 최선이라 생각하고 있었고.

그 사이, 암흑 왕국 인물들이 다가오고 있었다.

검은색 일색의 갑옷을 차려입은 그들은 마차 한 대를 호위
한 채 서서히 성벽을 향해 접근하고 있는 상황이다.

레이첼이 손을 들며 입을 열었다.

"모두 요격 준비."

그의 명령에 궁수들이 활에 시위를 매기고서 암흑 기사들에
게 겨냥하기 시작했다.

사정거리 안에 들어오면 가차없이 쏠 생각이었다.

암흑 기사들이 서서히 사정거리 안으로 진입할 때였다.

막 명령을 내리려던 레이첼이 순간 멈칫하였다.

전진하는 암흑 기사들 사이로 한 청년이 모습을 드러내더니
그들을 뒤로 물렸던 것이다.

설마 암흑 왕국 인물들을 뒤로 물러나게 할 줄이야.

그들을 저지시킨 인물을 살펴보던 레이첼의 눈이 가늘어지

기 시작했다.

눈에 띄는 은발을 지닌 잘생긴 청년이었다.

입가에 은은한 미소를 짓고 있는 것이, 한바탕 일전을 준비
하고 있는 상황이라는 걸 자각하지 못하고 있는 것처럼 느껴
질 정도였다.

"저 사람은……."

소문으로 듣던 모습과 똑같은 생김새였기에 레이첼은 그가
누구인지 단숨에 알아볼 수 있었다.

바로 글레이드 공작에 이어 아드리온 공작까지 꺾으며 일약
헬카드 제국의 제일 공적이 되어버린 슈미드, 바로 그 남자다.

앞으로 나선 그는 성벽 위를 향해 시선을 주며 입을 열었다.

"슈미드라고 합니다. 외성의 사령관과 이야기를 나누고 싶
습니다."

그의 시선은 정확하게 레이첼을 향하고 있었다.

* * *

'만만치 않군.'

성벽 위에 서 있는 다크블루 머리를 지닌 청년을 보고 든 생
각이었다.

자신과 비슷한 나이였지만 상당한 실력을 지니고 있다는 걸
본능적으로 깨달을 수 있었다.

'과연, 평범한 실력자가 아니란 이야기인가.'

그의 말 한마디에 궁수들이 일사불란하게 움직이는 것으로 보아 지금 이곳의 수비를 총괄하고 있는 사령관이 누구인지를 알 수 있었다.

그가 자신이 언급한 사령관이리라.

슈미드와 레이첼의 시선이 허공에서 부딪쳤다.

시선이 마주하는 순간, 강렬한 기류가 온몸을 휩쓰는 듯한 느낌을 받은 레이첼이 먼저 입을 열어 자기소개를 했다.

"레이첼 데미안이라 합니다."

"레이첼 데미안…… 오대 공작 중 한 사람인 데미안 공작이란 말입니까?"

전혀 의외의 사실.

설마 저렇게 젊은 청년이 오대 공작 중 하나인 데미안 공작일 것이라 예상치 못했기에 슈미드의 목소리에 은은한 놀라움이 서린다.

"그렇습니다."

"설마 데미안 공작이 이렇게 젊은 분일 줄이야. 놀랍군요."

자신을 무시하는 것인가?

안 그래도 나이 문제 때문에 예민해져 있던 데미안의 입에서 고운 말이 흘러나오지 않았다.

"어디 저만 하겠습니까. 제국의 제일 공적 슈미드 아르미드."

"……."

침묵하는 슈미드. 그리고 아무 말도 하지 않은 채 그를 바라보는 레이첼.

갑자기 날카로운 말을 하는 그의 행동이 이해가 되지 않았지만 슈미드는 용건을 가지고 온 차였기에 자신의 용건을 털어놓는다.

"제가 이렇게 앞으로 나선 것은 제안할 것이 있기 때문입니다."

"무엇입니까?"

있지도 않은 책임 전가를 만들어내 무고한 사람에게 복수하는 정신 이상자.

자신이 모르는 다른 내막이 있으리라.

레이첼의 대답에 슈미드가 입을 열었다.

"일대일 대결을 신청하는 바입니다."

"무슨 이유로……?"

순간 이해가 되지 않아 되묻는 레이첼이다.

현재 성벽 위에 삼천이 넘는 제국 병사들이 주둔하고 있지만 저들의 전력이라면 이곳을 점령하는 것은 어려운 일이 아니었다.

이해가 되지 않는 표정으로 레이첼이 묻자 슈미드가 말한다.

"불필요한 희생을 줄이기 위함입니다."

"……."

한순간 할 말을 잃어버린 레이첼.

슈미드가 한 말은 자신이 고민하던 문제 그 자체였던 것이다.

저 전력을 삼천의 병사로 막는 것은 불가능하다.

아니, 오천이건 일만이건 많은 숫자로는 저들을 막는 것이 불가능하다는 걸 누구보다 잘 알고 있었다.

로드의 경지에 도달한 존재는 결코 일반 사람들로 막을 수 없으니까.

순간 그의 말이 반갑게 들렸다가 그가 제국의 적이라는 것을 깨달은 레이첼이 슈미드에게 물었다.

"희생을 줄인다? 제국에 반기를 든 당신의 입에서 나올 소리는 아닌 것 같소만?"

"이해가 되지 않을 테지만…… 나의 개인적인 복수에 무고한 사람들이 희생되는 것은 바라지 않는 바입니다. 그렇기에 당신과 일대일 대결을 신청하는 것입니다."

"당신이 이기면 황궁으로 들어오게 해 달라?"

"그렇습니다."

꿍꿍이가 따로 느껴지지 않는다.

레이첼은 당연히 자신의 승리를 점치는 듯한 그의 말이 마음에 들지 않는 듯 물었다.

"제가 이길 경우 어떻게 할 생각이지요?"

"당신이 저를 꺾는다면 두말하지 않고 물러날 것입니다."

"호오……."

구미가 당기는 말이었다.

자신이 승리할 경우 저들을 물리쳐 능력을 증명할 수 있으며, 설사 패하더라도 자신이 염려하던 순간이 일어나지 않을 수 있다.

자신이 바라던 말이었기에 레이첼의 입가에 묘한 미소가 걸린다.

결코 질 거란 생각은 들지 않았다.

"후회하실 텐데요."

슈미드의 입가에도 미소가 걸린다.

그 미소는 레이첼의 입가에 걸린 것과 비슷하였다.

두 사람 중 누구도 자신의 패배를 염두에 두고 있지 않았다.

"후회는 누가 할지 궁금하군요."

"제국 제일 공적의 그 제안, 받아들이겠습니다. 패할 경우 스스로 승복하는 모습을 보이시길."

"……."

당당하게 대답하는 그의 모습을 주변 사람들은 미친놈 보듯 바라보고 있었다.

그도 그럴 것이 슈미드는 오대 공작 중 두 명을 꺾은 검증된 초인이었던 것이다.

특히 로드 중 최강이라 칭송되던 아드리온 공작을 꺾었기에 대륙 최강자에 가장 가까운 사람이 바로 그였다.

그런 그를 향해 레이첼이 자신 있게 상대하겠다고 하는 모습이라니.

오대 공작 중 한 사람이라고 하나 아직 이십대 초반에 지나지 않는 그가 슈미드를 감당할 수 있을 거라 생각하는 사람은 아무도 없었다.

아직 실전을 겪은 적 없는 레이첼은 철저하게 무명이었던 것이다.

"좋습니다."

담담하게 인정하는 슈미드의 모습에 레이첼이 입가에 미소를 지었다.

말을 마친 그의 전신에 은은한 안개가 피어오르며 슈미드에게 향하기 시작하였다.

두 사람의 대결은 역사에 오랫동안 남게 될 본격적인 황궁 대전의 시작을 알리는 신호탄이었다.

『다크 블레이즈』 10권에서 계속

B J
백묘 판타지 장편소설
FANTASYSTORY & ADVENTURE
비제이
대상인의 동전에는 재물의 행운이,
농부의 쌀에는 풍농의 기운이 서려 있다!
백묘 판타지 장편소설 『비제이(B.J)』
리텐 제국의 신비로운 보물 트레저!
트레저의 봉인이 풀리는 순간, 세상은 혼란에 빠진다!

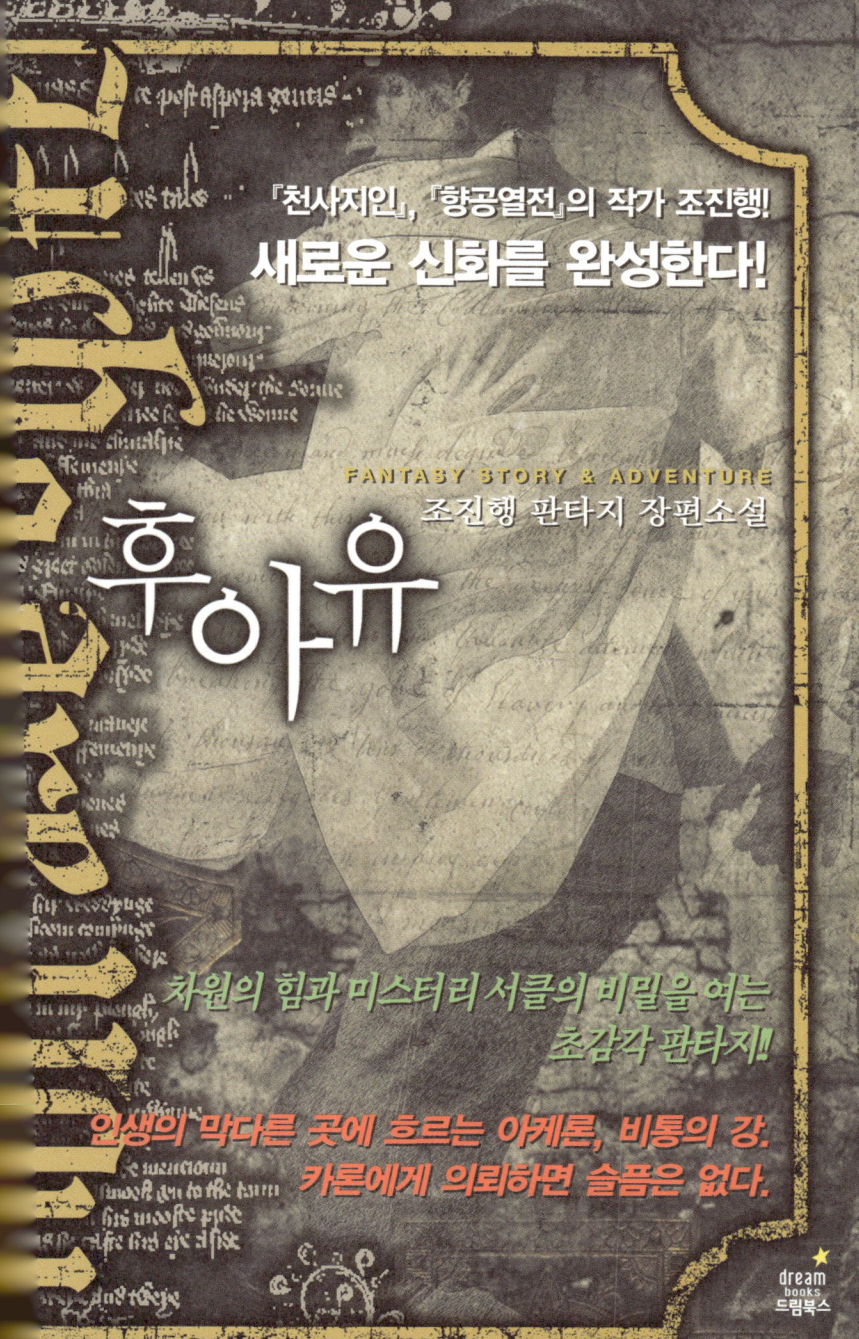

『천사지인』, 『향공열전』의 작가 조진행!
새로운 신화를 완성한다!

FANTASY STORY & ADVENTURE
조진행 판타지 장편소설

후아유

차원의 힘과 미스터리 서클의 비밀을 여는
초감각 판타지!

인생의 막다른 곳에 흐르는 아케론, 비통의 강.
카론에게 의뢰하면 슬픔은 없다.

dream books
드림북스

『태극검해』,『화산검종』의 작가!

한성수 신무협 장편소설『절대검해』

마도의 후예 소진엽과 천마신교의 교주 담대광
두 괴짜의 만남이 무림에 풍랑을 부른다.

절대검해

drea
book
드림북